U0114935

JPC
HK

文言語譯（增訂版）

朱業顯／編著

中學中文科增值系列

陳耀南／主編

三聯書店（香港）有限公司

總序

陳耀南

「『感召』？甚麼意思？這個詞，我沒聽過！」

一位最高學府的碩士生、進修中文課程的在職初中女教師，二十多歲吧，在課室門外，向早已離休十多年而回來短期任教的我，這樣申訴。

在「杜詩」、「韓文」科，我請同學們，任選子美、退之作品一首，論述一下對讀者 (特別是自己) 的感召。

「對呀」，另一位三四十歲的男同學，表現得年資與學養都更為老到地說，「這個詞好像只有在宗教場合才用到。」「那是『宣召』，你大概去過一些佈道會，牧師在最後所作。如果大家多看一些不那麼低俗的中文書報，就會多見到『感召』這個詞語，並非不常使用。」

沉着氣，對他們兩位說。

孫中山先生的功業、言論，對作為師弟師妹的港大醫科生的感召。甘地的道德、人格，對印度人的感召。一位在野外考察中勇救學生而殉職的香港女教師，對市民的感召。等等。等等。

或者只是偶然的，個別的情況吧。希望如此。不過，多年來耳邊早已灌滿「中文程度又更低落了！」「中英文都不好，中文尤其不好！」種種慨歎。

不只一位外來的高等學府領導人，詫異和慨歎他們遇到的大學生，通常甚至只能以「床前明月光」四句，搪塞「引述唐詩」的要求。

研究生、大學生，有些 (希望只是「有些」) 竟也如此，其他可知！

出了甚麼問題？

修辭的營養不良。語文的骨質疏鬆。

普世性的重圖像而輕文字，殖民地教育的遺毒……等等，當也都是原因。不過，關鍵還在教者與學者、作者與讀者、説者與聽者，對中國語文、文學的熟悉與敬愛。

即使高妙的漫畫，在絕大多數情況之下都得配上簡潔雋永的文字吧？即使過去偏差的教育政策值得繼續指責吧，香港回歸，不是已經好些年月了嗎？

是時候奮發自強了！是時候振興語文以振興文化了！

「積學以儲寶，酌理以富才，研閱以窮照，馴致以懌辭」，一千五百年前，大師劉勰在《文心雕龍•神思篇》的警句，對歷代後人，是永遠珍貴的耳提面命。

文本要多看，社會要多觀察，有字沒字的書，都要泛觀博覽。其中有些更須熟讀深思，並且不斷拿他山之石，以比照切磋。這樣「真積力久」，一到興會既來，就能下筆琳瑯、發言暢美了。

最重要還是在中學時期。從十一、二歲到十八、九歲，是每個人一生學習能力最高、身心發展最快的階段。這個時期，更要讀得多、想得深，見得廣，寫與講都鍛煉得夠。

三聯編刊這套書籍，是極好的輔導讀物。《閱讀理解》，幫助我們多讀多想；《文言語譯》，幫助我們承接祖先文化遺產而發揚光大，吸收前人的語言營養而精雅優美；《修辭助讀》積極地豐富了我們的藝巧；《語病會診》則從另一方面減除了我們的語文疵累。循此而「博學之、審問之、慎思之、明辨之」，到水到渠成的、寫作與講論方面的「篤行之」，那麼，就如要「化學究為秀才」的王安石所借杜詩以勉勵、自勉：「讀書破萬卷，下筆如有神」了！

目錄

九 X與Y——談代詞

十 不滿於當副職——不可小視的副詞

十一 超能膠？紅絲線？——猶如公關經理的連詞

十二 「經紀行」裏的「四大天王」——談介詞

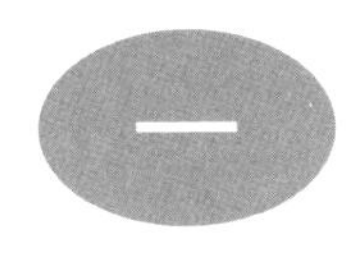

不怕生，就怕熟——古今詞義的變化

古代有些詞，如「人」、「手」、「大」、「小」、「牛」、「羊」等，直到今天，詞義都沒有甚麼改變。但這類詞只是常用詞中極少的一部分，其餘大部分都發生了變化。變化有大有小，但無論怎麼小，畢竟是在變。忽略這種變化，粗心大意，便會出錯。

詞義變化的類型

詞義的變化並非漫無規律。一般來説，主要是詞義所指的範圍起了變化。

詞義擴大

有些詞義擴大了。例如「江河」這個詞，今天我們都知道泛指一切江河，但在先秦時代，「江」指「長江」，「河」指「黃河」。下面是幾個詞義擴大的例子：

例句		本義	今義
醒	又一大兒醒。（〈口技〉）	酒醉醒來	從睡眠中醒來的狀態
	醉能同其樂，醒能述以文者，太守也。（〈醉翁亭記〉）		
子	雖我之死，有子存焉。（〈愚公移山〉）	兒子	男孩子／女孩子／小孩子
	孟子、莊子、韓非子	對男子的尊稱	「你」的敬稱
睡	時時睡，弗聽。（《史記•商君列傳》）	打瞌睡	睡眠

詞義縮小

有些詞義的範圍不是擴大而是縮小了。例如「親戚」這個詞，最初是指「父母」。在《史記‧廉頗藺相如列傳》中，有「臣所以去親戚而事君者，徒慕君之高義也」一句。據《史記》記載，頃襄王三年，楚懷王在秦國死了，秦國把他的靈柩送回楚國。楚人「皆憐之，如悲親戚（楚人都哀憐他，如哀傷父母逝世一樣）」，可見「親戚」這個詞指的是父母。後來這個詞又指所有直系親屬，甚至把宗族內外的親屬都包括在內。現在這些詞義都消失了，「親戚」只是指旁系親屬。

詞義轉移

詞義還會轉移，由甲變為乙，超出原來詞義的範圍。例如：

◎「習」

「習」是指小鳥模仿大鳥反復飛翔的意思。但在「學而時習之，不亦說乎」（《論語‧學而》）這個句子裏，「習」是「反復練習」的意思。這個意思雖從本義引伸，但和本義已沒有甚麼關係。

◎「字」

春秋戰國時，「字」這個詞並非指文字。「字」的上面是「宀」，表示一間屋，所以其本義是在屋裏生孩子，後來又引伸為哺育、撫養、出嫁、管理等義。大概從秦始皇開始吧，「字」才指「文字」，已沒有原來的意義了。

新詞換舊詞

有些詞已被淘汰。例如：

◎「曁」：這是古代的「愛」字。

◎「奰」：發怒的意思。

（以上兩詞均見於《詩經》）

有些表示同一意義的詞，今天已用另一個詞代替。例如：

◎「叟」：用「老頭」一詞代替。

◎「噬」：改說為「咬」。

辨別詞義是複雜而細緻的工作，粗心大意不得。所謂「不怕生，最怕熟」，這倒是一條寶貴的經驗。生疏的詞會引起我們的注意，有時還會提醒自己翻一下工具書；熟詞可不同了，如上文所舉的，都是一些常用詞，見慣見熟，似懂非懂，也就最容易忽略過去，不是望文生義，就是用現在的詞義去解釋古代的詞義，以致誤解或誤譯，這都必須避免。

經典小故事

一足音樂家，足矣！

秦國丞相呂不韋主編的《呂氏春秋》，記載了魯哀公問孔子的故事。魯哀公問：「聽説夔（古代音樂家）只有一隻腳，未知可信不可信？」孔子告訴他，夔是重黎從草野貧賤中引薦給舜的，舜任用他作了樂正（主管禮樂的官）。夔於是「正六律，和五聲」，使普天之下都受到音樂的教化。重黎想再增加樂師，舜説「若夔者一而足矣」。孔子於是説：「夔一足，非一足也。（有夔一個就夠了，不是説夔只有一隻腳啊！）」古代的「足」，本義是指膝蓋至足趾部分，後引伸為充足、滿足、值得等意思，和現在「腳」的含義不同。魯哀公不了解詞義的差別，所以鬧了這個笑話。

練習一

一、細讀下文，在括號內圈出代表文中加點詞的意思。

孔子過泰山側。有婦人哭於墓者而哀。夫子（1. 先生／孔子／丈夫）式而聽之，使子路問之，曰：「子之哭也，壹（2. 確實／一定／一貫）似重（3. 重疊／相重／連着）有憂（4. 憂慮／擔心／傷心）者。」而曰：「然（5. 是的／對的／然而）。昔者吾舅（6. 舅公／公公／舅父）死於虎，吾夫又死焉，今吾子又死焉。」夫子曰：「何為不去也？」曰：「無苛政（7. 政治／政府／徵稅）。」夫子曰：「小子識（8. 認識／懂得／記住）之，苛政猛於虎也。」

（節錄自《禮記‧檀弓下》）

二、試根據上文，把下面兩句譯成白話文。

1. 夫子曰：「何為不去也？」

____

____

2. 苛政猛於虎也。

____

____

二 多面體——一詞多義

一詞多義的現象，古代漢語有，現代白話文也有。但在古代，文言文的字詞要比現代白話文少得多，可以說越古越少，因此文言字詞，特別是常用詞，普遍有「兼職」現象，少的兼職兩三個，多的兼到十個八個。文言文這種現象最突出，也最值得注意。

詞的「兼職」：一詞多義

有些常用詞，其他引伸義不算，自身已包含兩種或以上的意義。例如：

「臭」

「臭」這個詞，原解作「氣味」，但不一定指難聞的氣味。《周・易・繫辭上》說：「其臭如蘭。」可見在上古時候，「臭」泛指一般氣味，可香可臭，一詞兩義。直到後世，「臭」才用來專指難聞的氣味。例如〈永某氏之鼠〉中的「殺鼠如丘，棄之隱處，臭數月乃已」。

「藍」

「藍」指「蓼藍」，是一種草的名稱。這種草可作染料，染出來的顏色也叫藍，所以「藍」這個詞，在古代兼有「草」與「色」兩種含義。荀子有句名言：「青，取之於藍而青於藍。」翻譯過來便是：「靛青色是從蓼藍提取出來的，可是顏色比蓼藍藍得更深。」現在，人們還常用「青出於藍」這個成語，比喻學生超越老師，一代勝過一代。

經典小故事

藍色令蘇東坡迷糊了！

在宋朝，「藍」專指顏色。大文豪蘇東坡曾鬧了個笑話，他認為「青」和「藍」既然都是色，不就等於說「色出於色」嗎？這還成甚麼話呢？簡直是說夢話啊（見李冶《敬齋古今黈》）！其實，蘇東坡是錯的，這是因為他不了解「藍」具有「草」與「色」兩種含義的緣故。說夢話的不是荀子，倒是蘇東坡自己了。

單音詞變雙音詞

從上文可以看到，文言文常用詞大多是一詞多義的單音詞，這些詞一般演變成現在的雙音詞。現在的雙音詞詞義和原來的單音詞詞義，往往有同有異，同學要特別注意不同的一面。例如「夫」這個詞，古今都有「女子的配偶」的意思，但在古代，「夫」卻是個多義的常用詞，除了「女子的配偶」這個意義，還有別的意義。

上古時代，十尺叫一丈。按《說文解字》：「人長八尺，故曰丈夫。」所以，「丈」最初的意思是「成年男子」。著名故事〈愚公移山〉中提到「遂率子孫荷擔者三夫，叩石墾壤」。「三夫」就是「三個成年男子」，這裏用的是「夫」的本義。後來，「夫」或「丈夫」又泛指一切男子。以下都是從「夫」的本義引伸而來的例子：

例「老夫」：老年男子的自稱。

例「丈夫」：有時也指男孩子。

例「大丈夫」：有志氣、有作為的男子。

《國語》記載，那位臥薪嘗膽，一心要恢復越國的勾踐，為了獎勵生育，曾作了這樣的規定：「生丈夫，二壺酒，一犬；生女子，二壺酒，一豚（豬）」。句中的「丈夫」，說的就是男孩子。

「夫」還兼作虛詞，例如作為指示代詞，有「這」或「那」的意思。

例 今夫佩虎符、坐皋比者，洸洸乎干城之具也。（〈賣柑者言〉）

解 句中的「夫」，指的是「那些（佩虎符、坐皋比者）」。

它還放在句首、句中及句尾作為語助詞。

例 夫戰，勇氣也。（《左傳•莊公十年》）

例 予觀夫巴陵勝狀，在洞庭一湖。（〈岳陽樓記〉）

解 這兩個「夫」，前者放在句首，以引出議論；後者放在句中，表示語氣略有停頓，兩者都沒有實在意義。

同學讀古籍、做語譯，便需要跟這些多義詞「打交道」。但不要害怕，除了依靠工具書，還有一個有效的解難方法：「詞不離句，句不離篇。」只要聯繫上下文細心分辨，便可確定詞在句中的準確含義。文言文是過去的語言文字，詞義再多，到底有限，而人的智慧卻無限，一詞多義的障礙不是不可攻克的。

經典小故事

夫妻打架靠勇氣？

有一次考試，要求翻譯《左傳•莊公十年》中，〈曹劌論戰〉這個故事內「夫戰，勇氣也」一段話，結果有些考生一開始便給「夫」這個詞難住了，有的索性把這個「夫」當作「夫妻」的「夫」，且牽強附會，譯成「夫妻打架，靠的是勇氣」等等，令人啼笑皆非。

練習二

一、細閱下列各題，選出「見」的恰當解釋，把答案寫在橫線上。

看見　拜見　接見　被　受　顯現

1. 秦王坐章台見相如。(《史記》) ________
2. 秦城恐不可得，徒見欺。(《史記》) ________
3. 才美不外見。(《古文觀止》) ________

二、細閱下列各題，選出「因」的恰當解釋，把答案寫在橫線上。

依靠　憑藉　借助　於是　趁此　因為

1. 相如因持璧卻立。(《史記》) ________
2. 不如因而厚遇之。(《史記》) ________
3. 因賓客至藺相如門前謝罪。(《史記》) ________

三、細閱下列各題，選出「國」的恰當解釋，把答案寫在橫線上。

國家　諸侯國　國都　城邑　封地　地方　地區

1. 此用武之國。(《三國志》) ________
2. 中國與邊境，猶支體與腹心也。(《鹽鐵論》) ________
3. 我欲中國而授孟子室。(《四書章句集注》) ________

三 橡皮糖——詞義的引伸

詞義的變化發展，儘管紛繁複雜，同學若有點詞義引伸的知識，由詞義引起的誤解誤譯，還是可避免或減少的。

詞的本義

「賊」

由於古今詞義不同，「賊」這個詞常令人誤解。《史記•秦始皇本紀》載：「燕王昏亂，其太子丹乃陰令荊軻為賊。」同學或會把「賊」誤以為是小偷的意思。其實，這個「賊」是指「刺客」，整句話是太子丹密令荊軻去做刺客，而不是叫荊軻去做賊。

有一次，孔子的學生子路推薦一個叫高柴的人當費縣的縣令，孔子很不高興，說道：「賊夫人之子！」(《論語•先進》) 如果同學不了解「賊」的本義，會很容易把「賊夫人」當作「賊的老婆」，把「賊夫人之子」解作「賊仔」，更可能會說：「推薦『賊仔』當縣令，孔夫子當然反對了。」其實，這個「賊」含有「貽害」的意思，孔子只不過說：「你這樣不是害了人家嗎？」

「賊」的本義是指一種害蟲。這種蟲專吃禾苗的幼芽，為害極大。上例兩個「賊」字之所以解作「刺客」或「貽害」，便是根據「害」這一基本意義引伸出來。一個詞無論有多複雜的含義，其中必定有一個是最初的意義，叫做「本義」。每個詞都有自己的本義，其他意義都是從本義派生出來的，是本義的「引伸義」。因此，同學閱讀或翻譯，只要抓住本義分析、推斷，其他種種引伸出來的意義也就迎刃而解。

詞義引伸

詞義引伸，不是雜亂無章的。一般由近而遠，由具體到抽象。看看下面兩個例子：

「坐」

「坐」是個會意字，「土」的上面，兩個人相對而坐。所以「坐」的本義是「坐着」或「坐下」。〈口技〉中「口技人坐屏障中」一句，「坐」用的就是本義；而在同一篇中，有「滿坐賓客」一句，「坐」則指「座位」，由本義引伸出來。

在古代，「坐」又常有「觸犯」的意思。犯罪叫「坐罪」，犯法叫「坐法」，而同學常在中國歷史書上看到的「連坐」，則指一人犯法，別人被牽連治罪。「坐」為甚麼可以有「觸犯」的意思呢？大概是因為人坐着會觸及地面（古人席地而坐），兩者有相通的地方吧。所以「觸犯」的意思，是由「坐」的本義間接引伸的。

「兵」

「兵」也是個會意字，下面是兩隻手，舉起「斧」一類的武器，所以「兵」的本義便是「武器」。「兵甲已足」、「礪兵秣馬」中的「兵」，都指武器。「兵」這個詞，越引伸，越抽象。看看下面這個圖表：

武器

持武器的人，即士兵。

軍隊

例 不戰而屈人之兵，善之善者也。（《孫子兵法・謀攻》）

軍事

例 兵者，國之大事。(《孫子兵法・始計》)

戰爭

例 夫兵，猶火也。(《左傳・隱公四年》)

戰略、策略

例 故上兵伐謀。(《孫子兵法・謀攻》)

成語「先禮後兵」的「兵」，是「動用武力」的意思。《史記》中「左右欲兵之」的「兵」，卻是「殺」的意思，「欲兵之」即「想要殺掉他」。由此看來，本義是具體的，直接由本義引伸的也比較具體，但間接引伸的，即由引伸義再引伸的，大都比較抽象。

字的形義關係密切

要了解詞的引伸義，關鍵是掌握好本義。漢字是表意文字，字本身的形狀結構，可體現其本義。下面用「頁」作為例子，詳細解釋。

「頁」

「頁」是個象形字，原字像個人頭，上面還有頭髮，所以它的本義是「頭」。凡用「頁」作偏旁的字，大都與頭有關。看看下頁的圖表：

例子	解說
顱	本義是腦蓋，借指頭。
頂、顛	頭的最高處，本義是頭頂。
額、顙	本義是額頭。
顏、頤、頰	指面部。成語「和顏悅色」的「顏」引伸為「臉色」。
領、頸、項	指頸，即脖子。領指整個脖子。頸是脖子的前面，所以自殺叫刎頸。項是脖子的後面，成就趕不上別人，便說不敢「望其項背」。
頃、頗	本義都是頭不正。
顧	回頭看。
頓	「頓首」，就是叩頭。
稽顙	叩頭的意思。

「頁」這個例子，說明字形和字義有密切的關係。分析字形對同學了解字義很有幫助。

經典小故事

因為蠢笨如牛，所以只能交白卷？

「是黑牛也而白題」(《韓非子•解老》) 這句話，不少初學者由於不了解字形和字義的關係，把「題」誤解為「試題」，「白題」自然就是「白卷」了。於是有人把這句話翻譯為：「真是蠢笨如牛，當然只好交白卷了。」其實，「題」是個形聲字，用「頁」做形旁，表明這個字與頭有關，「題」的本義就是「額頭」。這句話是說：「這是一頭白額的黑牛」。「額」在頭部前端，今天的「題目」、「標題」等詞，就是從「題」的本義引伸而來。

分析部首，推知字義

把字形結構相同的部分分類排列，相同的部分叫「部首」。上文提到的「頁」，就是用它做形旁的一類字的部首。分析部首以推知字義，對字形認識不多的初學者而言，是一個簡便而有效的分析字義的方法。分析部首，便可推知這類字的共同意義。同學試看看下面幾個例子：

口部

「口」是嘴的象形，本義是「嘴」。廉頗説藺相如「以口舌為勞」，即靠嘴巴説話立下功勞，這個「口」用的是口的本義。以「口」作偏旁的字，特別是放在左邊的，例如「吃」、「喝」、「吐」、「吻」、「呼」、「吸」、「哄」、「哼」、「唉」等，幾乎都和口有關，只有少數幾個字例外，如「一唱一和」的「和」。

欠部

「欠」的古字像人張口打呵欠的形狀，其本義是「打呵欠」。所以，從欠部的字，如「歌」、「吹」、「歎」、「歡」、「欣」、「飲」等，都與張口或吐氣有關。「歐」也寫作「謳」，本義是「嘔吐」。「欺」是「欺詐」，與開口講話有關。「歂」，後來寫作「喘」，指「喘氣」。「歇」是「停下來喘口氣」的意思。

肉部

「肉」的古字像割下來的一塊肉，後來用作偏旁都寫作「月」，但不是月亮，仍然指「肉」。從肉部的，如「臉」、「腿」、「腸」、「肚」、「肝」、「肥」、「脹」、「臟」、「腑」等，大都同肉或人體有關。

《莊子•內篇•養生主》中有〈庖丁解牛〉的故事，當中有所謂「技經肯綮之未嘗」，句中的「肯」，就是指骨之間的肉。又例如，「胡」的本義指獸類脖子下面垂着的肉。古代把人體心臟與隔膜之間的位置叫做「膏肓」（肓，音方），成語「病入膏肓」形容病情嚴重，無法醫治。「肓」字常被誤解、誤讀為「盲」，説成病人膏盲，這是不了解「肓」從「肉」的緣故。

辵部

「辵」由「彳」和「止」組合構成。「彳」是「行」字的一邊，「止」是腳趾的象形，「辵」的本義是「忽走忽停的樣子」。「辵」現在都寫作「辶」，用它作形旁的字都和走路有關，例如「迎」、「迓」、「逆」、「逝」、「逛」、「追」、「遁」、「逸」、「逗」等。

選其中幾個例子再解釋。「逆」的本義是「前往迎接」。「造」表示「到甚麼地方去」，古人上朝，叫「造朝」，拜訪別人叫「造訪」。「速」本來指「迅速」的「速」，但「不速之客」的「速」，卻是「請」的意思，所以，「不速之客」是指「不請自來的客人」，並非「遲到的客人」。

按部首探求字義，雖然簡便有效，但也有其局限。因為從古到今，字形幾經變化，很多部首已面目全非。而各種字典、辭書對部首的歸類也各有不同（從《說文解字》的五百多個部首，到今天辭典的一百多個部首），這令分析字義造成許多困難。因此，以形求義只能視為一種輔助手段，同學不要誤會為萬應靈藥。

練習三

下列句子中的加點詞原有多種解釋，試選出最恰當的解釋，把代表答案的英文字母填在括號內。

A. 並列／挨着	B. 比較	C. 詩歌表現手法之一	D. 比擬
E. 勾結	F. 全／都	G. 連續	H. 及／等到

1. 朋比為奸。 (　　)
2. 天涯若比鄰。(〈送杜少府之任蜀州〉) (　　)
3. 比去，以手闔門。(〈項脊軒志〉) (　　)

A. 道路	B. 行走	C. 運行	D. 行列
E. 執行／實行	F. 行事／辦事	G. 品行	H. 古代軍隊編制，二十五人為一行。

4. 遵彼微行。(《詩經》) (　　)
5. 將軍向寵，性行淑均。(〈出師表〉) (　　)
6. 夫我乃行之，反而求之。(《孟子》) (　　)

A. 道歉	B. 推辭	C. 辭別
D. 告訴	E. 感謝	F. 衰亡

7. 多謝後世人，戒之慎勿忘。(〈孔雀東南飛〉) (　　)
8. 入而徐趨，至而自謝。(《戰國策》) (　　)
9. 往昔初陽歲，謝家來貴門。(〈孔雀東南飛〉) (　　)

古人也會寫「別字」——古字通假

字的通假，是文言文常見的現象。「通」指「通用」，「假」是「借用」。所謂通假，就是兩個讀音相同或相近的字可以通用，或指這個字借用作那個字。兩字之中，一個是「本字」，另一個叫「借字」，例如：「甚矣，汝之不惠！」(〈愚公移山〉)「慧」是本字，「惠」是「慧」的借字，這裏的情況是本有其字而不用，卻另外借一個字來代替它。所以，也有人把這種現象稱為古人寫別字。

古人為何寫別字？

古人為甚麼寫別字？原因很多。但主要的一點是西漢以前沒有一本字書為依據，一般人也分不清正字和別字，寫起來往往不自覺地用了通假字，即別字。後來東漢雖有許慎的《説文解字》面世，但通假字已廣為流行，而且被人沿用下來，得到社會的承認。通假也就約定俗成，別字和正字並行不悖。所以，通假字不僅在西漢以前的古籍中特別多，就是在唐宋以後的文獻裏也常出現。

初學者不熟悉古人通假的習慣，有時對一些字困惑不解也是難免的。例如，在《左傳》中有句話：

唯是風馬牛不相及也。

句中的「風」字就不太好懂，有人把它解作「颳風」：「一陣風把牛馬吹散了，追都追不回來。」有些辭書也把這個「風」字解作「雌雄相誘」，真令人莫衷一是。但按古字通假的習慣，「風」應是「放」的假借字。這句話的上一句是：「君處北海，寡人處南海。」按上文下理，「風」當「放」解釋，比較符合作者原意。「放」是「放逸、走失」的意思。這句話是説：「你在北海，我在南海，即使是馬牛走失，也不會跑到對方境內去。」因此，「風馬牛不相及」在這裏比喻兩地相距遙遠。今天人們仍常用這個成語，表示兩件事各不相干。

通假的條件和類型

兩字必須同音或近音才能通假。所謂同音通假，是指借字和本字的聲母及韻母相同。

例 命夸娥氏二子負二山，一厝朔東，一厝雍南。（〈愚公移山〉）

解「厝」通「措」，兩字聲母和韻母完全一樣。

所謂近音通假，是指兩字聲母或韻母相近，亦可以通假。

例 秦自繆公以來二十餘君，未嘗有堅明約束者也。（〈廉頗藺相如列傳〉）

解「繆」通「穆」，二字聲母相同，讀音相近。

例 小大之獄，雖不能察，必以情。（〈曹劌論戰〉）

解「情」通「誠」，二字韻母一樣，讀音相近。

「音」只在兩個通假字之間起溝通的作用，跟字義一般沒有甚麼關係，例如「惠」與「慧」、「風」與「放」、「情」與「誠」。以「惠」與「慧」為例，「惠」是恩惠，「慧」指智慧，各不相干。借「惠」代替「慧」是臨時的，並不等於説兩者有相同的意義。在這個地方，「惠」可以通「慧」，但在另一個地方，「慧」不一定能通「惠」。

經典小故事

王安石破解通假字

據說，王安石在他寫的《三經新義》中，曾誤解「八月剝棗」(《詩經・豳風・七月》) 的「剝」字。事緣他一時疏忽，只按字面意思，把「剝」字解作「剝皮」的「剝」。但名家到底是名家，他從一個農婦的談話中很快得到了啟發，知道農民平常只說「撲棗」，沒有說「剝棗」。「剝」通「撲」，他悟到「剝」是個通假字。可是書已上呈給神宗去了，只好立刻寫下奏章，要求改正原來的解釋。

識別通假字的「訣竅」：學一點古音

怎樣識別通假字呢？當然最好是懂得一點古音的知識，因為，所謂同音、近音，這個「音」，指的就是古音，而不是今音。《漢書》裏有這樣一句：

秋八月，有白蛾群飛蔽日。

句中的「蛾」，很容易被誤解為會撲火的飛蛾。但如果從古音看，這個「蛾」，不是跟「蟻」同樣以「我」為聲符嗎？「蛾」和「蟻」古音相同，「蛾」自然是「蟻」的假借字。「白蛾」即「白蟻」，「白蛾群飛蔽日」，也就是「成群的白蟻飛得遮天蔽日」。

現在知道古音的人越來越少了，幸好漢字百分之九十以上是形聲字，這種字一半以形符表意，一半以聲符表音，是集音、形、義於一身的文字。如「蛾」字，「蟲」是形符，「我」是聲符。凡聲符相同的字，在上古時的讀音大抵相同或相近。所以，同學也可借助聲符探求古音，識別通假字。

常見的通假字

以下是一些常見的通假字，以備參考。同學平日閱讀，也可留意收集，看得多也就習慣了。

借字	本字及意義
蚤	早（早上、清早）
罷	疲（疲勞）
逝	誓（發誓）
唱	倡（倡議）
畔	叛（背叛）
倍	背（背叛）
詳	佯（假裝）
矢	屎
免	俛（俛首、俯首）
舍	捨（捨棄）
絀	黜（罷免）
卒	猝（倉猝）
信	伸（伸展）
炎	焰（火焰）
禽	擒（擒拿）
簡	柬（請柬）
鈔	抄（抄寫）
景	影（影子）

借字	本字及意義
鉅	巨（巨大）
離	罹（遭受、遭遇）
蜚	飛
沒	冒
政	徵（徵收）
要	邀請
嚮	向
微	非
為	謂
許	所
有	又
亡	毋
由	猶（好像）
胡	何
裁	才
兄	況（況且）
即	則
以	已

另類通假：古今字通假

這裏談談另一種通假，也就是古今字的通假。

「反」和「返」

「反」和「返」是通用的。「反」的本義是「翻」，引伸為「回返」。為表示「回返」的意思，人們便在「反」字下面，加一個表示走路的意符「辶」，寫作「返」。「反」是先出現的，叫做古字；「返」是後來造的，叫做今字。「反」就是「返」的古字，「返」以「反」為聲符，所以兩字讀音相近。在借音表義這一點上，這種古今字的通假，跟上面説的通假是相同的。但兩者在性質上有區別，前者是本有其字的通假，古今字卻是本無其字的通假。

「文」和「紋」

古和今是相對的，先出的是古，後造的是今。在先秦便有的是古，兩漢才有的便是今。古今字在字形結構上是有聯繫的。例如表示花紋的「紋」本無其字，乃在「文」字的基礎上造出來。所以古字都是借字，今字卻是本字。

常見古今字通假三類型

常見的古今字通假，有以下三種類型。

以古字為聲符，另加意符

古字	今字
見	現
賈	價
責	債
莫	暮
列	裂
直	值
感	憾
契	鍥
暴	曝

古字	今字
竟	境
要	腰
受	授
死	屍
取	娶
章	彰
昏	婚
益	溢
田	畋

古字	今字
屬	囑
支	肢
戒	誡
匈	胸
齊	劑
坐	座
罔	網
共	供
道	導
縣	懸
從	縱

古字	今字
畜	蓄
辟	避
志	誌
尊	樽
臭	嗅
內	納
其	箕
弟	悌
質	鑕
然	燃
食	飼

改換古字意符

古字	今字
說	悦
赴	訃
距	拒
躶	裸

古字	今字
被	披
輓	挽
箸	著
曜	耀

改換古字聲符

古字	今字
螾	蚓
譙	誚
睞	睫

同學閱讀或翻譯時，看到有些字，如果按字面意思講不通，便要想想這個字是否通假字。例如《莊子》裏有這樣一句：

俄而，柳生其左肘。

按字面意思，這句話豈不是「左臂上長了一棵柳樹」嗎？「柳」在這裏是「瘤」的假借字，「柳生其左肘」應是「他左臂上生了一個瘤」。對於一些字面上似乎講得過去，但實際上卻不妥當的字，同學便需更留意了。例如上文提到〈曹劌論戰〉的那句話：

小大之獄，雖不能察，必以情。

其中的「情」，有人以為解作「實情」，於是把這句譯為：「不論大大小小的刑訟案件，雖然不能一一弄清楚，但一定要按照實情來處理。」既然「不能一一弄清楚」，又怎能按「實情」來處理呢？其實這個「情」應是「誠」的通假字，「必以情」，就是「一定要誠心去處理好」。全句要譯為「大大小小的訴訟案件，即使不能一一明察，但一定要誠心去處理好」。

練習四

細閱下列各句中加點的通假字的判斷是否正確。如果正確，在方格內加 ✓；如果錯誤，加 ×，並在橫線上寫出理由。

1. 公輸盤不說（通「悦」）。（《墨子》）

□ ______________________________

2. 罷（通「疲」）夫羸老。（《論積貯疏》）

□ ______________________________

3. 發閭左適（通「謫」）戍漁陽，九百人屯大澤鄉。（《史記》）

□ ______________________________

4. 世皆稱孟嘗君能得（通「德」）士，士以故歸之。（《孟嘗君傳》）

□ ______________________________

5. 今為所識窮乏者得（通「德」）我而為之。（《孟子》）

□ ______________________________

6. 操軍不利，引次（通「駐」）江北。（《資治通鑑》）

□ ______________________________

7. 故患有所不辟（通「避」）也。（《孟子》）

□ ______________________________

8. 扁鵲望桓侯而還（通「旋」）走。（《韓非子》）

□ ______________________________

9. 巫嫗何久也，弟子趣（通「促」）之。（《史記》）

□ ______________________________

10. 巫行視小家女好者，云是當為河伯婦，即娉取（通「娶」）。（《史記》）

□ ______________________________

五 分解與合解——單音詞和雙音詞

文言文以單音詞為主，一個字往往就是一個表示完整意思的詞。因它只有一個音節，所以叫單音詞，這和白話文以雙音詞佔多數差別很大。了解這一點，對同學語譯文言文很有幫助。

同學或常常遇到這種情況：兩個字連在一起使用，看似是個雙音詞，但又像是兩個單音詞，一時很難分辨清楚。譬如杜甫的〈兵車行〉，開頭描寫士兵出征：「爺娘妻子走相送。」他們「牽衣頓足」，哭聲震天。「妻子」這個詞便很容易使人誤解。因為在今天的白話文裏，這個雙音詞專指男子的配偶。但在古代，這卻是兩個單音詞，「妻」指「妻子」，「子」指「子女」。又如蘇洵的〈六國論〉中「思厥先祖父，暴霜露，斬荊棘，以有尺寸之地」一句，「祖父」也是兩個單音詞，分別指「祖輩」（在這裏也有泛指「祖先」的意思）和「父輩」，不是專指「祖父」（爺爺）。

辨別單音詞和雙音詞，最簡單的辨法是把它們分拆理解。同學來看看下面幾個實用的方法。

分解

常見的分解對象之一：一般古詞

能拆得開來的，大抵都是單音詞。例如：

◎「卑鄙」

例 先帝不以臣卑鄙，猥自枉屈，三顧臣於草廬之中。（〈出師表〉）

解「卑鄙」這個詞，今天是個帶貶義的雙音單純詞，形容人的品行惡劣，不能分開理解。但在古代，這可以拆開。拆開來就是兩個單音詞：「卑」是

「出身低微」，「鄙」指「見識短淺」。「不以臣卑鄙」，就是「不認為我出身低微，見識短淺」。

◎「痛恨」

例 先帝在時，每與臣論此事，未嘗不歎息痛恨於桓、靈也。（〈出師表〉）

解「痛恨」分開來也是兩個單音詞。所謂「痛恨於桓、靈」，並不是「痛恨桓、靈二帝」，而是「對桓、靈二帝感到痛心和遺憾」。「痛恨」在這裏應分別理解為「痛心」和「遺憾」。

常見的分解對象之二：古今同形異義詞

一些古今同形異義的詞語，也是分開來理解比較好。例如：

◎「指示」

例 璧有瑕，請指示王。（〈廉頗藺相如列傳〉）

解「指示」這個詞，現在是指上級對下級的指導意見。但在例句中，如果用今義解釋「指示」，等於說藺相如向秦王發指示，這無論如何是講不通的。但把這個詞分開理解就不同了，這是兩個含義各別的單音詞。「指」是「指點」，「示」有「給……」的意思。「請指示王」，就是「請允許我指給大王看」。

◎「等死」

例 今亡亦死，舉大計亦死，等死，死國可乎？（《史記・陳涉世家》）

解 秦朝末年，陳涉、吳廣共同策劃，準備起義。陳涉分析當時形勢，決心「死國」。句中的「等死」，分開來是兩個單音詞：「等」，是「同樣」的意思。「等死」即同樣是死，而不是「等着去死」。這段話應譯作：「現在逃亡也是死，舉行起義也是死，同樣是死，為國家而死好不好？」

古今同形異義的詞語很多。下面再舉些例子，按古義略作解釋：

詞語	古義	例句
疾病	疾：病 病：（病情）嚴重	公疾病，求醫於秦。（《左傳‧成公十年》） （晉侯病情加重，到秦國去求醫。）
可以	可：即現在的「可以」 以：憑	忠之屬也，可以一戰。（〈曹劌論戰〉） （這是為百姓盡心盡力做事，可以憑這一點去作戰了。）
前進	前：走上前 進：獻上	於是相如前進缻。（〈廉頗藺相如列傳〉） （於是藺相如走上前，向秦王獻上缻。）
交通	交：交錯 通：相通	阡陌交通，雞犬相聞。（〈桃花源記〉） （田間小路相互交錯，四通八達，雞鳴狗吠的聲音，彼此都能聽得到。）
故事	故：過去 事：事情	苟以天下之大，而從六國破亡之故事，是又在六國下矣。（〈六國論〉） （假如我們憑仗這樣大的國家，而重蹈六國滅亡的老路，這就是又在六國之下了。）
地方	地：土地 方：方圓	今齊地方千里，百二十城。（《戰國策‧齊策》） （現在齊國方圓有千里土地，一百二十多座城池。）
當時	當：適應、適合 時：時勢、時機	當時為是，何古之法乎？（《漢書‧杜周傳》） （適於社會情況是對的，為甚麼去效法古代呢？）
聰明	聰：聽覺 明：視覺	年齒長矣，聰明衰矣。（《莊子‧雜篇‧徐無鬼》） （年紀大了，聽力和視力都衰退了。）
無賴	賴：憑藉、依恃 無賴：通「無聊」，也可解作「無奈」。	天下三分明月夜，二分無賴是揚州。（〈憶揚州〉） （把天下明月夜色分成三份，無奈揚州佔了兩份。）
無論	無：不 論：說	問今是何世，乃不知有漢，無論魏晉。（〈桃花源記〉） （〔桃花源中人〕問〔漁人〕現在外界是甚麼朝代，竟不知道有過漢朝，更不用說魏朝和晉朝。）
其實	其：指示代詞，相當於「那」。 實：實際上	較秦之所得，與戰勝而得者，其實百倍。（〈六國論〉） （把秦國受賄賂所得到的土地，與戰勝而得到的土地比較，實際上要相差百倍。）

詞語	古義	例句
其次	其：表示反問或指代 次：有停留、次序等意思。	越君其次也，遂滅吳。(《國語・越語上》) (越王怎麼會停下來呢？於是滅掉了吳國。)
因為	因：於是 為：作	因為長句，歌以贈之。(〈琵琶行〉) (於是作了這首七言古詩，贈送給她。)

常見的分解對象之三：偏義雙音詞

文言文有一種偏義的雙音詞。這種詞的兩個詞素中，只有一個詞素有實在的意義，另一個詞素作為陪襯。所以這種詞也要分開理解，區別哪個是實的，哪個是虛的。看看下面的例子：

◎「異同」

例 宮中府中，俱為一體，陟罰臧否，不宜異同。(〈出師表〉)

解 這裏的「異同」，按上下文的意思，「異」是主要的，「同」是陪襯。這句話是說「皇宮和丞相府的官員，都是一個整體。對他們的獎善罰惡，不應該因人而異」。「異」與「同」是反義。

兩個詞素表示反義關係的偏義詞比較多。再看看以下例子：

◎「作息」

例 晝夜勤作息，伶俜縈苦辛。(〈孔雀東南飛〉)

解「作」和「息」也是反義，「作」是「工作」，「息」表示「休息」。「晝夜勤作息」，是「日夜不停地做着各種家務」的意思，只講「作」，「息」只是陪襯。

也有用近義關係的詞素作陪襯。例如：

◎「父母」、「弟兄」

例 我有親父母，逼迫兼弟兄。(〈孔雀東南飛〉)

解〈孔雀東南飛〉女主角劉蘭芝，向丈夫焦仲卿訴說自己被遣回家後的憂慮。

她父親已死，又沒有弟弟，這裏的「父母」顯然是偏義，專指母親。「弟兄」指哥哥。她是說：「我有母親和哥哥，他們會共同逼迫我改嫁。」

◎「崩殂」

例 先帝創業未半，而中道崩殂。（〈出師表〉）

解「崩」，是專用於皇帝的死。「殂」則指一般人的死。在這裏，「殂」只是「崩」的襯字。

合解

當分解説不通某些詞義時，不妨合解。分解和合解是相對的，都是為了更好地理解詞義的一種方法。

常見的合解對象之一：特別雙音詞

文言文有些雙音詞，本來由兩個單音詞組成。組成雙音詞後，原來的單音詞只是這個雙音詞的一個詞素，含義不一定和原先一樣。在這種情況下，分解很容易造成誤解。看看下面兩個例子：

◎「詩書」

例 漫卷詩書喜欲狂。（〈聞官軍收河南河北〉）

解「詩書」這個詞，分開來是「詩」和「書」兩個單音詞。在古代，「詩」專指《詩經》，「書」指《尚書》。這一句説杜甫聽到收復失地的消息，「漫卷詩書喜欲狂」，高興得簡直要發狂了。這裏的「詩書」如果分開，「漫卷詩書」便翻譯成「胡亂地收拾起《詩經》和《尚書》」，這不符合作者的本意。「詩書」在這裏有借代各種書籍的意思，應合起來理解。

◎「犧牲」

例 犧牲玉帛，弗敢加也，必以信。（〈曹劌論戰〉）

解「犧牲」這個詞，古代是指祭祀用的牲畜。毛色純一的叫「犧」，身首齊全的叫「牲」。例句中的「犧牲」，合譯為「祭祀用的牛羊」便可，無須分開說明哪些是毛色純一，哪些是體全。

常見的合解對象之二：連綿詞

連綿詞是由兩個字組成的雙音單純詞，不能拆開來理解。這種詞因聲寄義，兩個字只是兩個音節，各自不單獨表示意義。兩個字是一個整體，不容分割。看看下面兩個例子：

◎「猶豫」

「猶豫」是一個連綿詞，意思是拿不定主意，遲疑不決。奇怪的是，歷來有不少人偏要把它分拆開來，作了許多牽強附會的解釋：說「猶」是「獸」，「豫」即「預先」。又說「猶」從「犭（犬）」，所以有人便說它是小狗，也有人說它是像猴一樣的獸類。究竟是甚麼獸呢？唐朝有人具體描述過，說它像鹿，很會爬樹，但性情多疑，怕人要害它。上樹前，要看看周圍有沒有人，下來時又要看看才敢下，上上下下，老是不放心，所以叫「猶豫」。真是不說猶可，越說就越糊塗了。連綿詞只管聲音，不管意義，所以「猶豫」又寫作「猶預」、「由豫」、「猶與」、「由予」、「優興」、「容與」等。

◎「望洋興歎」

莊子的〈秋水〉講過一個故事。說秋水來時，許多小河的水都注入大河，河面便顯得寬闊，河伯（河神）因此洋洋自得，以為天下的美都集中在自己一邊了。河伯順着水一直走到北海邊，望見茫茫大海，不禁大吃一驚。他拿自己與博大無窮的北海相比，才發現自己的渺小和狂妄，因而慚愧地歎息道：「吾長見笑於大方之家（我將要長久地受到那些修養高深的人的譏笑了）。」這就是成語「望洋興歎」的出處。這個「望洋」也是個連綿詞，是「抬頭仰視」的意思。有些人不了解連綿詞的特點，把這個詞拆開來解釋，以為「望洋」就是「望着海洋」。其實，當時河伯是抬起頭來，望着天上的若（海神的名字）發出感歎的，並非望着海洋。「望洋」有時又寫作「望羊」或「望陽」，先秦時候「洋」字還沒有海洋的含義。

連綿詞有三種類型：

聲母相同（即雙聲）	彷彿、匍匐（又寫作：蒲服、匍伏、蒲伏、扶伏等）、倉卒（又寫作倉猝、蒼卒等）、參差、琵琶、秋千、玲瓏、坎坷、踟躕、躊躇、淪落、憔悴等。
韻母相同（即疊韻）	迷離、徘徊（又寫作：俳佪、裴回等）、逍遙、逡巡、零丁、須臾、崔嵬、窈窕、嬋娟等。
聲母、韻母都不同	撲朔、寂寞（又寫作：寂漠）、鞠躬（古義常指彎腰）、浩蕩、杜鵑、孔雀、玳瑁等。

常見的合解對象之三：合音詞

有一種合音詞也值得注意，即兩個字的讀音拼合在一個字裏，如「諸」等於「之」和「於」的合音。這種詞，由於一個字表示兩個詞，兼有兩個詞的詞義，必須將其代表的兩個詞合起來理解才好。所以又叫「兼詞」。這種詞數目有限，下面列出幾個常見的，認真記住便夠了。

例子	合音	解說
諸	「之」加「於」	例 投諸渤海之尾。（〈愚公移山〉） 解「之」指「土石」，「於」相當於「到」。這句話應譯作：「把這些土石扔到渤海邊上去。」 例 不識有諸？（《孟子‧梁惠王上》） 解 這個句子出自《孟子》名篇〈齊桓晉文之事章〉。有時候，「諸」又等於「之」加「乎」。這個「諸」所包括的「之」是代詞，指以羊易牛這件事；「乎」相當於「嗎」。這句話是說：「不知道有這件事嗎？」
盍	「何」加「不」	例 盍亦反其本矣。（〈齊桓晉文之事章〉） 解 這裏的「盍」即「何不」。這句話是說：「你何不回過頭來，從根本上去考慮呢？」
曷	「何」加「不」	例 曷不委心任去留？（〈歸去來辭〉） 解 這句話應譯作：「何不隨着自己的心意，任其自然地生和死呢？」

例子	合音	解說
焉	「於」加「之」	例 積土成山，風雨興焉。（《荀子‧勸學》） 解 這裏的「焉」包括「於」和「之」。「於」是「在」的意思，「之」指「那裏」。這句話是說：「積土成為高山，風雨就會從那裏興起。」
耳	「而」加「已」	例 虎因喜，計之曰：「技止此耳。」（〈黔之驢〉） 解「技止此耳」，也就是「牠的本領只是如此而已」。
叵	「不」加「可」	例 居心叵測（成語） 解「叵測」就是「不可測」。

練習 五

下面是唐代諫議大夫魏徵撰寫的〈諫太宗十思疏〉，是為唐貞觀年間，魏徵勸諫唐太宗的上疏。試仔細閱讀，把文中加點的單音詞翻譯成白話雙音詞，把答案寫在括號內。

臣聞（聽説）求（要求）木（樹木）之長（生長）者，必（1.　　　）固（2.　　　）其根本；欲流（3.　　　）之遠（4.　　　）者，必浚（5.　　　）其泉源（6.　　　）；思國（7.　　　）之安（8.　　　）者，必積（9.　　　）其德（10.　　　）義（11.　　　）。源（12.　　　）不深而望（13.　　　）流之遠，根不固而求木之長，德不厚（14.　　　）而思國之安：雖在下（15.　　　）愚（16.　　　），知（17.　　　）其不可（18.　　　），而況（19.　　　）於明（20.　　　）哲（21.　　　）乎？人君當（22.　　　）神器之重，居域中之大，將崇極天之峻，永保無疆之休，不念（23.　　　）居安（24.　　　）思危（25.　　　），戒（26.　　　）奢（27.　　　）以儉（28.　　　）。德不處其厚，情不勝其欲，斯亦伐（29.　　　）根（30.　　　）以求木茂（31.　　　），塞（32.　　　）源而欲流（33.　　　）長（34.　　　）者也。

六 圖省事乎？拋書包乎？——古人行文習慣

長期以來，由於社會的影響或修辭需要，我們的祖先形成了一套特殊的行文習慣。熟悉這些習慣，對我們理解詞義有一定的幫助。

互文見義

〈木蘭辭〉中「將軍百戰死，壯士十年歸」一句，有人把它譯作：「將軍身經百戰犧牲了，壯士從軍多年後回到家鄉來了。」乍看起來，似乎沒有甚麼問題。但稍為推敲一下，便覺得不大妥當，彷彿將軍都戰死了，只有壯士才活着回來。其實，這是一種互文手法：古人為了避免行文呆板，故意把一個完整的意思拆開，分別由兩個句子説出來。所以這兩句詩要這樣翻譯才對：「將軍和戰士，有些經過百戰犧牲了，有些從軍多年後回到家鄉來。」

所謂「互文」，就是上下文的文義互相呼應，前後補充，意思才能完整，因此也叫「互文見義」。這種現象，往往見於上下兩個句子中，翻譯這類句子，要把上下句的意思合起來理解。

例 當窗理雲鬢，對鏡帖花黃。（〈木蘭辭〉）

解 「理雲鬢」和「帖花黃」，都是「當窗」和「對鏡」做的，所以這兩句詩要譯作「對着窗子和鏡子理雲鬢、貼花黃」。

例 受命於敗軍之際，奉命於危難之間。（〈出師表〉）

解 受任命都在「敗軍」和「危難」時，所以這兩句話要譯作「在軍事失利、形勢危急的時候，我接受了先帝的任命」。

有時候，一個句子中也有互文的現象。

例 朝暉夕陰。(〈岳陽樓記〉)

解 不是「早晨晴朗，傍晚陰暗」(這是一般地方都有的景象)，而是「從早上到傍晚，陰暗變化多端」。

例 岸芷汀蘭。(〈岳陽樓記〉)

解 這一句不是説岸上只長着小草，小洲上只長着蘭花，而是「岸上和小洲上長着小草和蘭花」。

互文文字簡潔，上下對稱，節奏鮮明，難怪古人樂用不疲。

變文避複

古人行文，最忌重複詞語，往往在句子對應的地方，換上另外的同義詞。這種習慣手法，叫做變文避複。例如「追亡逐北」，「亡」與「北」都指「敗逃的軍隊」；「竭忠盡智」中的「竭」與「盡」，都是「全部用出」的意思。

這種現象，在一些對偶或排比句中更多見。

例 銜遠山，吞長江。(〈岳陽樓記〉)

解「銜」與「吞」同義。

例 小則獲邑，大則得城。(〈六國論〉)

解「邑」，也是「城」，不過是較小的城。

例 奉之彌繁，侵之愈急。(〈六國論〉)

解「彌」同「愈」，都是「愈(越)」的意思。

例 悦親戚之情話，樂琴書以消憂。(〈歸去來辭〉)

解「悦」，喜愛；「樂」，喜歡，字異而義同。

賈誼在他著名的〈過秦論〉中，説秦孝公(秦始皇六代以前的祖先)時便雄心勃勃，早有「席捲天下，包舉宇內，囊括四海之意，並吞八荒之心」。其中「席捲」、「包舉」、「囊括」，都有「併吞」的意思，「宇內」、「四海」、「八荒」，都是指「天下」。四句話，說的是一個意思，即「併吞天下」。但讀者不會感到重複累贅，因為作者用了四對同義詞，不僅避免行文呆滯，而且大大加強文章的氣勢。賈誼的政論文章，彷佛是缺口的江河，勢不可擋，與這種排句連用不無關係。

掌握古人變文避複的習慣，對同學辨別詞義也有幫助。

例 因利乘便，宰割天下，分裂河山。（〈過秦論〉）

解 這個「因」，不太好懂，常誤解為「原因」。但在這裏，「因」和「乘」是對應的，如果知道「乘」有「憑」的意思，便可以知道「因」也有這個意思。「因利」即「乘便」。所以，這句話應譯作「憑藉便利的形勢，任意分割土地山河」。

例 上古競於道德，中世逐於智謀，當今爭於氣力。（《韓非子•五蠹》）

解 這裏的「競」、「逐」、「爭」三個字，按變文避複的道理，應當是同義的。「競」等於「爭」，「逐」也有「爭逐」的意思。所以這句話可翻譯為「上古的人們在道德上互相爭勝，中世的人們在智謀上勾心鬥角，現在的人們在力量上較量強弱」。勾心鬥角就是「爭」的一種表現。

運用典故

喜歡用典，是古人行文的又一種習慣。用典，就是運用典故。典故，可以是古代的故實，也可以是古書上的話。用典有明用，也有暗用。

明用

詩云：「刑於寡妻，至於兄弟，以御於家邦。」——言舉斯心加諸彼而已。

上句來自〈齊桓晉文之事章〉，這是引用《詩經》上的話，說明「推己及人」的重要。所謂「引經據典」，是說古人議論時，往往引用經典上的話，以證明自己的觀點正確。《詩經》是各經之首，被引用當然是最多的。這類引用，大都註明出處，而且照抄原文，所以是明用。再看看李白〈將進酒〉如何明用典故：

◎李白〈將進酒〉

詩其中一句：「陳王昔時宴平樂，斗酒十千恣歡謔。」這也是一種明用，用的是曹植〈名都篇〉的成句：「歸來宴平樂，美酒斗十千。」曹植封陳思王，所以叫「陳王」，他是曹操的第三子。在中國詩歌史上，有所謂「建安風骨」，曹植就是其中的代表人物。他年輕時已才華橫溢，意氣風發，寫過不少膾炙人口的詩篇，如〈白馬篇〉、〈贈白馬王彪〉，格調高昂，情緒豪放。不幸的是，曹操死後，曹植一直受曹丕父子的嫉妒和迫害，才四十一歲便鬱鬱去世了。李白在詩裏引用曹植的詩，既印證了「古來聖賢皆寂寞，唯有飲者留其名」，又表達了詩人對當時埋沒人才的黑暗現實的不滿和憤慨。

經典小故事

才高八斗的曹植

東晉山水詩人謝靈運説過，如果天下的「才」共有一石（一種容量單位，一石等於十斗），那麼，曹植一個人就佔了八斗。謝靈運是古代著名的山水詩作家。他的詩善於刻劃自然景物，開創了文學史上的山水詩一派。當時宋文帝對其文藝才能十分賞識，特地將他召回京都任職，並把他的詩作和書法稱為「二寶」。自命不凡的謝靈運受禮待如此，益加狂妄自大。有一次，他一邊喝酒一邊自誇道：「魏晉以來，天下的文學之才共有一石，其中曹植獨佔八斗，我得一斗，天下其他的人共分一斗。所以後人有曹植「才高八斗」的説法。

暗用

暗用一般不説明出處，例如陶淵明〈歸去來辭〉中有這麼一句：

三徑就荒，松菊猶存。

這裏的「三徑」用的是西漢蔣詡的故事。王莽時，蔣詡免官回家，在院裏竹下開闢了三條小路，只和一兩個朋友交往。這和下文「請息交以絕遊」的想法是一致的。作者用這個「典」，表明他與污濁的官場決裂的決心。

◎岳飛〈滿江紅〉

岳飛的〈滿江紅〉名傳千古，詞中首句「怒髮衝冠」便已用典。因為是暗用，沒有註明出處。但從下文「瀟瀟」驟急的雨聲中，讀者不難把聯想推回二千多年前。那時，大地颳着「蕭蕭」北風。燕國的太子丹和幾個賓客穿上白色的喪服，來到今河北易水河畔，為荊軻刺秦王送行。高漸離擊筑（奏樂），荊軻隨着樂聲唱起自己作的歌：「風蕭蕭兮易水寒，壯士一去兮不復還！」歌聲慷慨悲涼。據《史記》載：「士皆瞋目，髮盡上指冠（送行的人瞪大眼睛，憤怒得頭髮都豎起來，頂住了帽子）。」這是「怒髮衝冠」的出處，〈滿江紅〉就是活用了這個故實。雖然岳飛面對的是「瀟瀟」驟雨，為荊軻送行的是「蕭蕭」北風；但為了消滅侵略者，他們「一去不復還」的壯懷是同樣「激烈」的。

明暗交替使用

明與暗，有時可交替使用，起更佳的表達、藝術效果。

◎姜夔〈揚州慢〉

同學先細讀姜夔的〈揚州慢〉：

淳熙丙申至日，予過維揚。夜雪初霽，薺麥彌望。入其城則四顧蕭條，寒水自碧，暮色漸起，戍角悲吟。予懷愴然，感慨今昔，因自度此曲。千岩老人以為有《黍離》之悲也。

淮左名都，竹西佳處，解鞍少駐初程。過春風十里，盡薺麥青青。自胡馬、窺江去後，廢池喬木，猶厭言兵。漸黃昏、清角吹寒，都在空城。

杜郎俊賞，算而今、重到須驚。縱荳蔻詞工，青樓夢好，難賦深情。二十四橋仍在，波心蕩，冷月無聲。念橋邊紅藥，年年知為誰生？

這首詞描述詞人路過揚州，目睹這個城市，在屢遭金人洗劫擄掠的十五年後，仍瘡痍滿目，不禁「感慨今昔」，勾起了對國家衰亡的無限悲痛。這首詞幾乎處處引用杜牧詩句，除下闋點出是「杜郎」外，其他地方都沒有明說，不過熟悉杜詩的人是不難看出的。詞的開頭「淮左名都，竹西佳處」，便出自杜牧〈題揚州禪智寺〉：「誰知竹西路，歌吹是揚州？（誰能想像如此幽靜的竹西路，竟是通向那充滿歌聲和樂聲的揚州呢？）」杜牧的〈贈別〉詩，有謂「春風十里揚州路」，這裏的「春風十里」是借指揚州先前的繁華街道。其他如「荳蔻」、「青樓」以至「二十四橋」等，無一不引自杜牧的詩。杜牧有不少歌唱揚州的詩篇，很為世人所傳誦。這些詩不僅印證了揚州昔日的繁榮，且有力地反襯出揚州眼前的荒涼，加深「猶厭言兵」的題意，增強詞的藝術感染力。

典故的暗用一般比明用多。由於沒有説明，暗用是比較難懂的。但同學只要勤於翻檢工具書，在閱讀時多些積累，還是可以化難懂為易懂的。

委婉含蓄

古人説話寫文章，常常不是把要説的話直截了當地説出來，而是把話説得含蓄，説得婉轉、曲折，所以叫「委婉」或「婉曲」。例如不説身體一天天消瘦，卻説「衣帶日已緩（衣帶一天天寬了）」（〈行行重行行〉）；不説「活在世上」，而説「寓形宇內（把軀體寄託在天地間）」（〈歸去來辭〉）。古人説話有很多顧忌，原因不出以下幾個：

避免粗俗

古人把大小便稱為「便利」，例如《漢書》有「即陽為病狂，臥便利」，「便利」即指大小便。《資治通鑑》內有「權起更衣」一句，「更衣」即上廁所，全句意思是「孫權起身上廁所」。

避免忌諱

古人又很忌諱提到病和死。在《戰國策》中有這麼一句話：「恐太后玉體有所郗也。」句中的「郗」同「隙」，不舒服的意思。這裏不説恐怕太后有病，而是説恐怕她不舒服。有一次，孟子因為「有採薪之憂」，沒有上朝。所謂「採薪之憂」，説的也是「病」。「採薪」即「砍柴」，為甚麼砍柴是指病呢？因為砍柴是低賤人做的，低賤的人生了病，自然有不能砍柴之憂慮了。古人説到死，往往改用代稱，如「山陵崩」、「填溝壑」、「棄天下」、「升遐」、「隱化」等。陶淵明〈歸去來辭〉中，「曷不委心任去留」一句的「去留」，即指「生死」，「去」是「死」的代稱。

經典小故事

杜甫〈春望〉委婉含蓄

唐詩〈春望〉寫於安史之亂。那時候，杜甫被叛軍擄至長安，目睹國都陷落，叛軍猖獗，百姓苦難，可謂百感交雜，憂思如焚。他在詩的末尾寫道：「白頭搔更短，渾欲不勝簪。」意思是頭髮變白了，越搔越短，簡直連簪子都插不上了。這是一種委婉的寫法。詩人雖沒有具體地告訴我們其時處境及想法，但那變白的頭髮，不正是憂國、思家、感時、傷亂的結果嗎？「搔」有「摩」或「抓」的意思，古人喜歡用「搔首」形容一個人煩躁愁苦的樣子。所以，一個「搔」字，已極其形象而深刻地表現了詩人對國家命運的焦急和憂慮。含而不露，一些委婉的寫法，有時頗具藝術的魅力。

多種借代

所謂借代，是指本來説甲，卻借用乙來代替甲。但乙和甲必須有某種內在聯繫才能借用。例如「乘奔御風」，這個「奔」指的是「馬」，「奔」和「馬」都與「跑」有關。借代這種修辭手法古今都有，只是古人用得比較多罷了。常見的借代手法有以下幾種：

借人的外表特徵或職業特點，作為某種人的代稱

例句	解說
黃髮垂髫。（〈桃花源記〉）	「黃髮」指老人，「垂髫」指小孩梳好的下垂的頭髮，這裏借指小孩。
傴僂提攜。（〈醉翁亭記〉）	「傴僂」本指脊樑彎曲，駝背的意思，因為老人很多彎着腰走路，故以此借指老人。小孩一般由大人領着走路，「提攜」便是此義。
行李之往來，共其乏困。（《左傳•僖公三十年》）	「行李」是人們出門的行裝，如包裹、箱子等。使節往來，自然要帶着行裝，所以古人常把使者稱為行李。這裏的「行李」，就是指使者。

借事物的性狀和特徵，指代本身的事物

例句	解說
鐘鼓饌玉不足貴。（〈將進酒〉）	古時富貴人家舉行宴會，都要鳴鐘擊鼓，所以句中的「鐘鼓」乃借指富貴的生活。
肥甘不足於口與？輕暖不足於體與？（〈齊桓晉文之事章〉）	「肥甘」是指美味的食物，「輕暖」說的是高貴的衣服。
錦鱗游泳。（〈岳陽樓記〉）	「錦鱗」，是魚的代稱。
檣櫓灰飛煙滅。（〈赤壁懷古〉）	「檣櫓」，指曹操的戰船。

用特稱代替泛稱

例句	解說
遷客騷人，多會於此。（〈岳陽樓記〉）	「騷」本專指屈原詩篇〈離騷〉，故後世把詩人稱作「騷人」（不要誤解為發牢騷的人）。
名成八陣圖。（〈八陣圖〉）	「八陣圖」本指夔州永安宮前沙灘上的一堆大小石頭，外觀像古代八個軍陣圖形，相傳是諸葛亮推演軍陣的遺跡。杜甫借這個「八陣圖」代指軍事才能，說出諸葛亮的名望和成就，都在於他具有傑出的軍事才能。

用泛指代替特指

例句	解說
武皇開邊意未已。(〈兵車行〉)	在唐代詩文中，常見有武皇、漢皇、漢家的說法，大都是借漢朝說唐朝。這裏的「武皇」，明說漢武帝，暗指唐玄宗。
君不聞漢家山東二百州，千村萬落生荊杞？(〈兵車行〉)	句中的「漢家」並非指漢朝，而是特指唐朝。
但願人長久，千里共嬋娟。(〈水調歌頭〉)	「嬋娟」本指美人，這裏借代月亮。蘇東坡這兩句詩是說「雖然相隔千里，但願保重身體，長久活下去，共同欣賞這輪美好的明月」。

巧設譬喻

譬喻就是打比方。在中國第一部詩歌總集《詩經》中，譬喻這種修辭手法已廣為使用。古人運用譬喻，有明喻、暗喻、借喻等方式，和今天差不多。

明喻

一般用比喻詞，例如「朝如青絲暮成雪」(〈將進酒〉)、「問君能有幾多愁，恰似一江春水向東流」(〈虞美人〉)、「以地事秦，猶抱薪救火」(〈六國論〉)、「彷彿若有光」(〈桃花源記〉)等，這些句子中的「如」、「恰似」、「猶」、「若」都是比喻詞，相當於現在的「像」或「好像」。另外，「譬之」、「譬如」，也是文言文常見的比喻詞。

暗喻

暗喻則不用比喻詞，常以判斷句的形式出現。例如「王之不王，是折枝之類也」(〈齊桓晉文之事章〉)，意思是大王不實行仁政統一天下，是屬於不肯為老年人「折枝」的那種情況；是不肯做，而不是不能做。「折枝」這個詞，過去有許多解釋，有說折樹枝，有說彎腰作揖，也有說替老人按摩，這些說法都比較勉強。據近人考證，古人有折枝採果的習慣，所以「折枝」應是「摘果」的意思。

借喻

文言文中的借喻表達方式，既不用「是」，也不用比喻詞。例如〈歸園田居〉中的「羈鳥戀舊林，池魚思故淵」，「羈鳥」是關在籠中的鳥，「池魚」是池塘中的魚，兩者都借喻當時做官的受拘束。「戀舊林」、「思故淵」則借喻對田園生活的嚮往。而〈水調歌頭〉「月有陰晴圓缺」一句，乃借喻人的悲歡離合從來如此，難以避免。

譬喻和借代容易混淆，同學要注意兩者的區別：借代只涉及一種事物，譬喻則涉及兩種事物，這是它們的特點。

練習六

在下列句子中，加點詞的白話語譯是否正確？如果正確，在方格內加 ✓；如果錯誤，加 ×，並在橫線上加以改正。

1. 秦時明月漢時關。（〈出塞〉）
（語譯：秦朝時候的明月，漢朝時候的關隘。）
□ ____________________

2. 煙籠寒水月籠沙。（〈泊秦淮〉）
（語譯：煙霧籠罩着寒水，月光籠罩着沙灘。）
□ ____________________

3. 沙草晨牧，河冰夜渡。（〈弔古戰場文〉）
（語譯：早上要在沙漠裏有草的地方放牧，晚上要在黃河的冰上走過。）
□ ____________________

4. 青春作伴好還鄉。（〈聞官軍收河南河北〉）
（語譯：青年時候難得結伴回到故鄉。）
□ ____________________

5. 歌謠數百種，〈子夜〉最可憐。（〈大子夜歌〉）
（語譯：歌謠有好幾百種，〈子夜歌〉最值得推崇。）
□ ____________________

6. 謀臣爪牙，不可無也。（《後漢書》）
（語譯：謀臣走狗，不可沒有。）
□ ____________________

七 文言如何講「數」？——數詞和量詞

讀古籍，搞語譯，有時還要用上一些數學知識。譬如「一月之日，二十九日八十一分日之四十三」這句話，既有加數，又有分數，每個字都懂得唸，但要說出真正的意思，卻讓人感到躊躇。這是《漢書》上關於律曆的一句話，意思是說：「一個月有二十九日，又一日的八十一分之四十三。」

倍數的表示法

北魏時，楊衒之寫的《洛陽伽藍記》，曾談及當時一些官僚貴族的奢侈糜爛生活。有個叫元雍的宰相，是皇帝宗室，封高陽王。據該書說，他一頓飯要費好幾萬錢。李崇對人說：「高陽王一頓飯，頂得上我一千天吃的。」李崇也不是普通人，他是北魏的尚書令，「富傾天下」。因此人們說：「李令公（尊稱）一食十八種（一頓飯吃十八種菜）。」不過，這是一句幽默話，絲毫沒有譴責的意思。因為這位尚書令儘管富貴蓋世，生活卻十分節儉，吃飯常常沒有肉，只有韭菜和韭菹（類似韭菜），故有「二九（韭）一十八」之說。這樣寫不但妙趣橫生，而且與高陽王的「一飯幾萬錢」對照鮮明，具有辛辣的諷刺意味。

倍數的一般表示法

文言文和白話文使用數字的習慣不盡相同。例如文言文中「二」和「九」連在一起，既不等於「二加九」，又不等於「二十九」。這是用兩數相乘，表示倍數的方式；即以前面的數詞表示倍數，後面的數詞作為基數。「二九」就是九的二倍。在文言文中，尤其是詩詞，這種寫法很常見，例如《古詩十九首》其中一首詩：「三五明月滿，四五蟾兔缺。」（〈孟冬寒氣至〉）五的三倍，是指十五；五的四倍，便是二十了。所以這兩句詩要譯作「十五日月亮圓，二十日月亮缺」。又例如《山海經》「有神人二八」一句，就是說「有十六個神人」。還有今天常聽到的「二八年華」，即表示十六歲這青春美好的年紀。

倍數的特定表示法

先秦時，倍數有特定的標記法：

倍	前面不加數詞的，表示一倍。
蓰	表示五倍
什、十	表示十倍
百、佰	表示百倍

再看看下面幾個例子：

例 夫物之不齊，物之情也，或相倍蓰，或相什百，或相千萬。（《孟子‧滕文公上》）

譯 各種貨物質量不一樣，這是事物的本性，有的相差一倍到五倍，有的相差十倍到百倍，有的相差千倍甚至萬倍。

例 嘗以十倍之地，百萬之師，叩關而攻秦。（〈過秦論〉）

譯（六國）曾經憑着十倍於秦國的土地，百萬的軍隊，進擊函谷關，攻打秦國。

有時又不用「倍」字表示：

例 故用兵之法，十則圍之，五則攻之，倍則分之……。（《孫子兵法‧謀攻》）

譯 所以用兵的法則是：有十倍於敵人的兵力，就包圍他們；有五倍於敵人的兵力，就進攻他們；有一倍於敵人的兵力，就分割他們……。

整數、尾數和約數的表示法

整數的表示法

如果表示「一百」、「一千」、「一萬」的意思，一般不用加「一」在前面，例如〈鄒忌諷齊王納諫〉中的「今齊地方千里，百二十城」，「百二十城」等於「一百二十座城池」。

尾數的表示法

整數之後有尾數的，往往在尾數前加個「有」字，例如〈出師表〉中的「爾來二十有一年矣」，這個「有」，相當於「又」或「零」，譯時要刪掉。

約數的表示法

數詞前面，常見有「且」、「將」、「幾」、「可」等詞，表示接近某個數的意思。例如「北山愚公者，年且（接近）九十」（〈愚公移山〉）、「漢之為漢，幾（將近）四十年矣」（〈論積貯疏〉）、「潭中魚可（大約）百許頭」（〈小石潭記〉）。

有時則用「餘」、「所」、「許」等詞，表示多於某個數。例如「鄒忌脩八尺有餘（比八尺多）」（〈鄒忌諷齊王納諫〉）、「從弟子女十人所（左右）」（《史記•滑稽列傳》）、「（舟）高可二黍許（大約）」（〈核舟記〉）。有時又用兩個相近的數表示約數，例如「山行六七里」（〈醉翁亭記〉）。

分數的表示法

用一個「分」字表示分數，這用法是古今一樣的。

例 殺士三分之一而城不拔者，此攻之災也。（《孫子兵法•謀攻》）

譯 士兵被殺掉三分之一，而不能攻破敵城，這是攻城者的災難。

不過文言文很多時候不用「分」字，同學翻譯時要留意辨認。

例 勾者十三四，留者十六七。（〈獄中雜記〉）

譯 勾掉姓名立即處決的，十個中有三四個；留下來暫時未殺的，十個中有六七個。

解「十三四」，就是「十分之三四」。

例 先王之制，大都不過參國之一。（《左傳‧隱公元年》）

譯 先王的制度，大的城邑不得超過國都三分之一。

解 在文言文裏，「三」是分母時，一般寫作「參」。「參國之一」，不是「三個國家之一」，而是「國都的三分之一」。

虛數的表示法

「三」和「九」是實實在在的數字，在文言文裏卻常常當虛數用。例如「魯仲連辭讓者三」（《戰國策‧趙策》），這裏的「三」是「再三」的意思。又例如「子墨子九距（同「拒」）之」（《墨子‧公輸》）中，「九」是指「多次」，不一定是「九次」。用「三」和「九」的倍數，同樣是表示多次，例如「軍書十二卷」（〈木蘭辭〉），只是說徵兵的名冊很多，並非說實有十二卷。

約數與實際數目相差不遠，但虛數與實際數目卻是無關，或關係不大。這是兩者不同的地方。同學翻譯時要注意這種區別，不要把虛數當實數譯，或把實數當虛數譯。

數詞位置靈活，量詞往往省略

數詞直接放在名詞或動詞前面，如「一桌一椅」、「齊人三鼓」。這種表示整數的方式，古今基本一樣。不同的是，文言文既可放在前，又可放在後，如「遂率子孫荷擔者三夫」、「後秦擊趙者再」。白話文的數詞後面，常常跟着一個量詞，文言文卻往往不用量詞。

因此，同學在翻譯時，一般要按現在白話文的習慣，把放在後面的數詞調到前面來，缺量詞的都要補上。「一桌一椅」要譯作「一張桌子，一把椅子」，

「三鼓」要譯作「擂了三遍鼓」，「子孫三夫」要譯作「三個子孫」，「擊趙者再」要譯作「兩次進攻趙國」。

要注意的是，在文言文裏，「再」不表示重複動作，只表示「兩次」或「第二次」。

練習七

在下列句子中，加點詞的白話語譯是否正確？如果正確，在方格內加 ✓；如果錯誤，加 ×，並在橫線上加以改正。

1. 猿鳴三聲淚沾裳。（〈三峽〉）
（語譯：聽到猿猴三聲哀鳴，淚水就會簌簌而下，把衣裳也沾濕了。）
□ ________________________________

2. 五步一樓，十步一閣。（〈阿房宮賦〉）
（語譯：五步一高樓，十步一亭閣。）
□ ________________________________

3. 與吾居十二年者，今其室十無四五焉。（〈捕蛇者說〉）
（語譯：同我在一個村子裏住了多年的，現在十家中沒有四五家了。）
□ ________________________________

4. 見死而由竇出者，日四三人。（〈獄中雜記〉）
（語譯：看見犯人死去而從牆洞裏拖走的，每天有四十三人。）
□ ________________________________

5. 以為能相通者什九，不者什一。（〈甘薯疏序〉）
（語譯：認為兩地能夠互相種植的東西有十分之九，不能互相種植的東西只佔十分之一。）
□ ________________________________

6. 且秦強而趙弱，大王遣一介之使至趙，趙立奉璧來。(〈廉頗藺相如列傳〉)

(語譯：況且秦國強，趙國弱，大王派一個使者到趙國去，趙國馬上就會把寶玉送來。)

□ ____________________

7. 通計一舟，為人五，為窗八。(〈核舟記〉)

(語譯：總計一隻小船，刻了五個人，八個窗。)

□ ____________________

不安分的詞——詞的活用

詞的活用，古今都有。但文言文比起白話文來，一是「活」的頻率高，二是「活」的範圍廣，三是「活」的變化大。至於怎樣高，怎樣廣，怎樣大，一時又不易說清楚。還是先說一段劉邦「將將」的故事吧，也許對解釋有點幫助。

詞的活用：詞「打臨時工」

據《史記》載，劉邦曾跟韓信聊天，談及諸將才能的高低，認為各人參差不齊。劉邦便問韓信：「像我這樣的人能率領多少兵呢？」韓信答道：「陛下領兵不超過十萬。」劉邦又問：「你呢，你怎麼樣？」韓信不假思索地說：「我是多多益善啊！」劉邦不禁笑起來，說道：「既然越多越好，為甚麼被我擒獲呢？」韓信說：「陛下『不能將兵，而善將將』，這就是我被你擒獲的緣故啊。」所謂韓信點兵，多多益善，說的就是這個故實。

其中，「善將將」兩個「將」字的讀音不同，含義有別。前一個「將」字有「率領」、「帶領」的意思，是個動詞；後一個「將」字作「將領」解，是個名詞。「不能將兵，而善將將」，是說劉邦這個人「不善於領兵，卻善於駕馭將領」。從文言的角度說，這個「將」字，既是名詞，又是動詞，一身兼有兩種詞的性質，即有的書上說的「兼職（兼類）」現象。所謂詞的活用，與這種情況有點相似，也是把某一種詞當作另一種詞用。但也有顯著不同的地方：活用只是臨時的，用過後這份臨時工也就解除了，不能說它永遠兼有這職務。

以下從兩方面詳細說明這種現象。

詞的一般活用

名詞活用作動詞

文言文的實詞大都有被活用，最常見的是名詞活用作動詞。例如〈曹劌論戰〉中「公將鼓之」一句，「鼓」本是個名詞，指「戰鼓」，但在句中臨時借用作動詞，變成「擊鼓」的意思。因此這句話要翻譯為「魯莊公要擊鼓進軍」。

同學翻譯這類句子，可記住下面兩個步驟：

第一步
找出被活用的詞

例 小信未孚，神弗福也。（〈曹劌論戰〉）
前一句的謂語是「孚」，是動詞，不是活用。後一句的謂語是「福」，它是名詞，一般不能用作謂語。因此，這個「福」顯然由名詞活用為動詞。

第二步
把名詞換成相應的動詞

把「福」對譯為「降福」或「保祐」。因此，這句話應譯作「小信不會使人信服，神是不會保祐你的」。

名詞活用為動詞，在文言文裏很常見。再舉幾個例子説明：

例句	解說
驢不勝怒，蹄之。（〈黔之驢〉）	「蹄」是「用蹄踢」的意思。
婦拍兒乳，兒含乳啼。（〈口技〉）	前一個「乳」，要譯作「哺乳」或「餵奶」。
願為市鞍馬，從此替爺征。（〈木蘭辭〉）	「市」不是「市集」，而是「買」的意思。
相如視秦王無意償趙城，乃前曰。（〈廉頗藺相如列傳〉）	「前」字也是活用，即「走向前」。

形容詞活用作動詞及名詞

形容詞也有活用為動詞的：

例 親賢臣，遠小人，此先漢所以興隆也。（〈出師表〉）

解 句中的「親」是形容詞，要譯作動詞「親近」。

形容詞又可活用為名詞：

例 義不殺少而殺眾，不可謂知類。（《墨子・公輸》）

解 這裏的「少」是指「少數人」，「眾」是指「多數人」。這句話要譯為「不殺少數人，卻去殺多數人，不能説懂得類推的道理」。

動詞活用作名詞

例 爾安敢輕吾射！（〈賣油翁〉）

解「射」原是動詞，「射出」的意思。這裏借用為名詞「射技」或「箭術」。這句話應這樣翻譯：「你怎麼敢輕視我的箭術呢？」

數詞活用作動詞

例 人一能之，己百之；人十能之，己千之。（《禮記・中庸》）

解 這裏的「百」、「千」都具有動詞性質，所以這句話要譯作「別人一次能學到的，我學百次；別人十次能學到的，我學千次」。

同學或會問：怎樣判別一個詞是否活用？這要結合上下文，並從整個句子來考慮。如果謂語是一個名詞，按其本意又説不通，那麼，它便有可能被活用為動詞了。

詞的特殊活用

在文言文中，比較特殊的詞的活用，是指名詞作狀語，以及動詞的使動用法和意動用法。這幾種活用方式，是現代白話文中少有或沒有的。

名詞作狀語（即名詞活用作副詞）及其類型

所謂名詞作狀語，是指把名詞放在動詞或形容詞前，使它起修飾限制的作用。狀語通常由副詞擔任。換言之，名詞作狀語，即把名詞活用為副詞。這是文言文一種特殊的現象。

名詞作狀語，大概有幾種情況：

◎一般性

例句	解說
北通巫峽，南極瀟湘。（〈岳陽樓記〉）	這個「北」表示方位，要譯作「往北」。「北通巫峽」就是「往北通到巫峽」。
夫以秦王之威，而相如廷叱之。（〈廉頗藺相如列傳〉）	「廷」表示處所，要譯作「在朝廷上」。
群臣吏民，能面刺寡人之過者，受上賞。（〈鄒忌諷齊王納諫〉）	「面」表示方式，要譯作「當面」。
箕畚運於渤海之尾。（〈愚公移山〉）	「箕畚」表示使用的工具，要加上「用」字，譯作「用箕畚」。
人情，一日不再食則饑。（〈論貴粟疏〉）	「人情」表示一種情理，要譯作「按情理」。這句話是說：「按照人的常情，一天吃不上兩頓飯就會感到饑餓。」

◎比喻性

遇到這類詞的活用，常常要用「像……那樣」對譯。看看下面兩個例子：

例 其後，秦稍蠶食魏。（《史記·魏公子列傳》）

解 「蠶」是名詞，活用作狀語，表示比喻。這句話是說：「自此以後，秦國像蠶吃桑葉那樣逐漸侵佔魏國的領地。」這種活用方式，是古人借名詞所表示的事物特徵，來描述事物的重要手段，使人感到簡潔新奇，形象生動。

例 項羽召見諸侯將，入轅門，無不膝行而前，莫敢仰視。（《史記·項羽本紀》）

解「無不膝行而前」，「沒有一個不是用膝蓋跪着往前走」的意思。「膝」是「行」的狀語，「膝行」這個狀語，生動地再現項羽當年使人「莫敢仰視」的威武。

經典小故事

子思拒魯君「美意」

孔子有個孫子叫孔伋（字子思）。據《孟子》載，魯繆公（魯國國君）對子思十分殷勤，常親自上門問候，還不時派人送給他大塊大塊的肉。子思很不高興，到最後一次，把送禮的人趕出門外，堅決不肯接受繆公的禮物。他向北叩了個頭，又作了兩次揖，說道：「今而後知君之犬馬畜伋。」子思是很有作為的人，不但沒有受到國君的重用，還要為一塊肉屢屢作揖行禮，這才說了「犬馬畜伋」這樣的話，表達自己對魯繆公哄騙賢者的憤慨。子思這句話中的「犬馬」本是名詞，這裏作狀語用，翻譯出來便是：「今天才知道你（指繆公）像對待狗和馬一樣畜養我孔伋啊！」

◎表示時間

上古時候，「時」放在動詞前作狀語，一般作「按時」的意思，並非「時常」的意思。例如「學而時習之」（《論語•學而》）中的「時」，要譯作「按時」，「時習」也就是「按時溫習」。又例如「秋水時至，百川灌河」（《莊子•外篇•秋水》）中的「時」，也要譯作「按時」，這句話的意思是「秋水按照節令來到了，大小河流都灌注到黃河去了」。

「日」、「月」、「歲」這些詞，用在動詞前面作狀語，翻譯時都要把它們重疊，或譯作「每日」、「每時」、「每年」。例如「日削月割，以趨於亡」（〈六國論〉）中，「日」和「月」要寫成「天天」和「月月」，全句可譯作「土地天天削減，月月割讓，從而走向滅亡」。又〈庖丁解牛〉一文中，有「良庖歲更刀」一句，「歲」即「年」，全句要寫成「優秀的廚師每年才換一次刀」。

動詞的使動用法

「使動用法」是詞類活用的一種特殊方式。如果動詞與賓語的關係含有「使賓語怎樣」的意思，便叫做使動用法。在〈廉頗藺相如列傳〉中有這樣一句：

均之二策，寧許以負秦曲。

「負」本是動詞，但這裏活用為使動詞。「負秦曲」不是「負擔秦國的……責任」，而是「使秦國負擔不講道理的責任」。

能活用為「使動的」，大多是自動詞，即不帶賓語的動詞。例如「臣舍人相如止臣」(〈廉頗藺相如列傳〉)，「止」是自動詞，「止臣」就是「使臣止」。同學翻譯這類使動句，不一定都譯作「使……怎麼樣」，例如「使臣止」譯作「叫我不要這樣做」，比譯作「使我停止這樣做」，更合乎今天所用口語。

名詞、形容詞，有時也可活用為使動詞。下面兩個例句來自《荀子》：

例 養備而動時，則天不能病。(《荀子 • 天論》)

解「病」是名詞，這裏是活用為使動詞。「不能病」是「不能使人生病」的意思。

譯 如果營養充足，並且按時活動，那麼天就不能使人生病。

例 強本而節用，則天不能貧。(《荀子 • 天論》)

解「貧」是形容詞，這裏活用為使動詞，「不能貧」因此譯作「不能使人貧困」。

譯 如果能加強農業生產這個根本，又能節約費用，就是天也不能使人貧困。

動詞的意動用法

「意動用法」是詞類活用的另一種特殊方式。如果說，使動用法是「使賓語怎樣」，那麼，意動用法則是「認為賓語怎樣」。

例 登泰山而小天下。(《孟子 • 盡心上》)

解「小天下」就是「以天下為小」。

譯 登上泰山，覺得天下變小了。

形容詞和名詞活用為動詞時，都可表示意動。

例 且庸人尚羞之，況於將相乎？（〈廉頗藺相如列傳〉）

解 這裏的「羞」是形容詞，活用為意動詞。「羞之」就是「以之為羞」。

譯 普通人尚且認為這樣做值得羞恥，何況是身居將相的人呢？

例 稍稍賓客其父。（〈傷仲永〉）

解「賓客」是名詞，這裏活用為意動詞。

譯 漸漸地都把他的父親當作賓客來接待了。

意動用法是主觀的認識，使動用法是客觀的變化，這是兩者的主要區別，同學翻譯時要注意。

練習八

翻譯下列各句中的加點詞，並判斷其活用特點，在適當的方格內加✓。

句子	翻譯	名詞作動詞	名詞作狀語	形容詞作動詞	使動用法	意動用法
例：尉果笞廣。	*笞：用竹板打*	✓	□	□	□	□
1. 左右欲刃相如。	刃：________	□	□	□	□	□
2. 吾得兄事之。	兄事：________	□	□	□	□	□
3. 畢禮而歸之。	歸之：________	□	□	□	□	□
4. 老吾老以及人之老。	老：________	□	□	□	□	□
5. 君將哀而生之乎？	生之：________	□	□	□	□	□
6. 侶魚蝦而友麋鹿。	侶：________	□	□	□	□	□
7. 父母之愛子，則為之計深遠。	計：________	□	□	□	□	□
8. 潭西南而望，斗折蛇行。	斗折蛇行：________	□	□	□	□	□

九 X與Y——談代詞

文言文的代詞，有點像代數中的X與Y，當它甚麼也不代表時，它是「虛」的；一旦代表了甚麼時，它又是「實」的。這可虛可實、半虛半實的特點，往往使人捉摸不定，有時難免要「求證」一番，才能判斷。

文言文代詞和白話文一樣，有人稱代詞、指示代詞和疑問代詞。不同的是，文言文的代詞數量遠比白話文多，有時用幾個甚至十幾個詞，表達同一個意思。項羽與劉邦對戰時，曾要脅要把劉邦父親劉太公投到開水裏烹殺，劉邦不為所動，甚至以豪情壯語回應：「吾翁即若翁，必欲殺而翁，則幸分我一桮羹（我父親就是你的父親，你一定要煮殺你父親，那麼，請你分一杯肉羹給我）。」在這句話中，「吾」、「若」、「而」、「我」都是代詞；具有「你」的意思，有「而」和「若」兩個詞。這種多詞一用的現象，不僅代詞有，其他虛詞也有。文言文的虛詞數量多，使用頻率高，用法複雜，值得注意。

人稱代詞

文言文中的人稱代詞一般分為第一人稱（自稱）、第二人稱（對稱）和第三人稱（他稱）。現把常見的人稱代詞表列如下：

	白話	文言	
第一人稱	我	吾、我、余、予	謙稱：朕、孤、寡人、臣、僕、走、小人、鄙人、不才、奴、妾
第二人稱	你	女、若、汝、而、爾、乃	敬稱：皇上、陛下、大王、殿下、君、公、卿、閣下、大人、夫子、先生、丈人、子、足下、二三子
第三人稱	他	之、其、彼	渠、伊

從上表可見，文言文的人稱代詞，要比語體文多幾倍到十幾倍。但無論再多，從翻譯的角度看是很簡單的，因為這三種詞大都可分別譯為「我」、「你」、「他」。

人稱代詞的單數複數

文言文裏的人稱代詞，一般既表示單數，又表示複數，例如「吾與汝畢力平險」（〈愚公移山〉），「吾」表示單數，譯作「我」便可；「汝」卻表示複數，要譯作「你們」才對。

白話文表示複數，一般在「我」、「你」、「他」後加個「們」字，寫作「我們」、「你們」、「他們」。文言文亦有表示複數的詞，例如「輩」、「儕」、「曹」、「屬」，但一般只用在「我」、「吾」、「汝」、「若」、「爾」等後面，寫作「我輩」、「吾等」、「吾儕」、「爾曹」、「若屬」。但「臣」、「僕」、「奴」、「妾」、「公」、「君」、「卿」這些詞，如果表示複數，一般加個「等」字。「二三子」本身是表複數的人稱代詞，相當於「你們」或「諸位」。

人稱代詞的謙稱敬稱

中文裏謙稱、敬稱之多，一方面固然顯示中國是禮儀之邦，另一方面也反映古代社會等級森嚴，如單為帝王專用的謙稱和敬稱便有七八個。下面列舉幾個人稱代詞的謙稱敬稱：

◎「朕」

先秦以前一般人都可自稱「朕」。大概是秦始皇開的頭吧，他統一六國，把「朕」這個字也統歸帝王自身專用了。

◎「臣」、「僕」、「奴」、「妾」

「臣」和「僕」都有濃厚的封建色彩，「奴」和「妾」更是帶侮辱意味的自稱，一律譯作「我」便可。

◎「走」

「走」的含義和「僕」一樣。司馬遷因「李陵之禍」而受宮刑，坐過牢，他寫了〈報任安書〉，向老朋友任安訴說自己慘遭不幸的原因和經過，開頭一句：「太史公牛馬走，司馬遷再拜言」，當中的「走」指僕人，「牛馬走」等於說「像牛馬一樣被驅使的僕人」。

文言文中有幾個表敬之詞倒是頗有生命力的，試看看下面的例子和解釋：

◎「君」

這原是對諸侯國君的尊稱，後來「開放」了，任何人都可以用。現在用這個詞，有時還表示一種崇高的敬意，魯迅就稱他的一位學生為「劉和珍君」。

◎「公」、「卿」

原皆指官階爵位，後來廣泛作為「你」的尊稱。今天仍有用「公」來尊稱有學問、有修養的長者，如「陳公」、「李公」。

◎「先生」

「先生」在古代用來尊稱年長而有德行的人，沿用至今，已成為廣泛使用於成年男子的敬稱。

經典小故事

晉文公與介之推的「足下」情誼

「足下」這個詞不僅是個敬稱，而且還是個愛稱。在春秋時代，介之推追隨晉國公子重耳流亡在外十九年，竭心盡意。重耳得到秦國幫助，終於回國繼承王位，成為後來稱霸諸侯的晉文公。晉文公即位後，大賞功臣，不料在百忙中漏掉了介之推。事後發覺，派人四處尋找卻沒找到。

原來介之推對當時許多臣子爭功要賞感到十分不滿，決心不接受任何高官厚祿。傳説他和母親逃到深山隱居，晉文公雖屢派人去請，都被介之推一一謝絕。晉文公沒辦法，便讓人放火燒山逼他出來，怎料介之推抱着樹燒死了也不下山。晉文公知道後，趕到山上，拍着介之推抱過的樹，唏嘘不已。晉文公下令把大樹砍下來，做了一雙木屐（古代的鞋子）作紀念。每當看到腳下這雙木屐，不禁深情地歎息道：「悲乎，足下！（真叫人傷心啊，足下！）」每年清明前一天，禁動煙火，只吃冷食，傳説也是文公為紀念介之推而下的令。這一天便是後來的寒食節。介之推從此成為廉潔、有骨氣的象徵。「足下」亦成為友誼和誠摯的代名詞。直到今天，人們在書信往來中仍喜歡以此稱呼知心好友。

文言的第三人稱代詞

上古時候，文言文沒有正式的第三人稱代詞。看看以下的例子：

◎「他」

上古時，「他」只是個指示代詞，僅有「其他」的意思，不等於現在的「他」。

◎「之」、「其」、「彼」

這三個詞作第三人稱代詞是借用的，因為它們基本上是指示代詞。「彼」可譯作「他」，有時也可充當主語，例如：「彼，丈夫也；我，丈夫也。吾何畏彼哉？」(《孟子•滕文公上》)，翻譯過來是：「他是男子漢，我也是男子漢，我為甚麼要怕他呢？」「之」和「其」卻不能作主語，如〈愚公移山〉中，「有遺男，始齔，跳往助之」一句，「之」是「他們」；同一篇中有「帝感其誠」一句，「其」字要譯作「他的」，「他」則指「愚公」。

◎「伊」、「渠」

這兩個詞在六朝時才出現，雖然也譯作「他」，但不及現在白話文的「他」用得那麼普遍。

指示代詞

在白話文中，指示人或事的代詞基本上有兩個：「這」和「那」。文言文則比較多，而且形式複雜，用法特殊，表列如下：

	文言	白話
近指	是、此、斯、茲、之	相當於「這」、「這樣」。
遠指	彼、夫、其	相當於「那」、「那樣」。
旁指	他、它	相當於「別的」、「其他」。
不定指	或、莫、某	或譯作「有人」、「有時」，不要譯作「沒有誰」。「某」字不譯。
	若、爾、然	相當於「如此」、「這樣」。

	文言	白話
其他	焉	相當於「在這裏」。
	所、者	相當於代詞「的」。

「彼」、「之」、「其」、「若」、「爾」

這幾個詞都一詞多用，既充當人稱代詞，又充當指示代詞。同學要細心區分這兩類詞，不要把指示代詞當作人稱代詞。

「之」、「其」這兩個詞用法靈活。「之」是近指，「其」是遠指。但在「中州耗斁，無世無之」（〈弔古戰場文〉）這句裏，「之」可譯作「這種情況」，但不能說「之」在這裏一定是近指，因為它只承前指示「中原遭受嚴重損耗和破壞」的情況。在「臣竊以為其人勇士」（〈廉頗藺相如列傳〉）這句中，「其」只表示特定的人，無所謂近指或遠指。

「是」、「他」、「或」、「莫」

這幾個詞由於古今同形，很容易被誤解。例如把「是」當作白話文中「是不是」的「是」；把「他」當作現在常用的第三人稱「他」；把「或」看作「或者」；把「莫」看作「不」。

其實這幾個詞的性質和用法，古今差別都很大，以下舉例說明：

例句	解說
是心足以王矣！（〈齊桓晉文之事章〉）	「是」乃一個指示代詞，一般譯作「這」。
我亦無他，唯手熟爾。（〈賣油翁〉）	「他」當「別」的意思。
人固有一死，或重於泰山，或輕於鴻毛。（〈報任安書〉）	兩個「或」都是「有的」的意思，如果譯作「或者」，便和原意相差很遠，原先的肯定語氣會變得含糊不清。
保民而王，莫之能禦也。（〈齊桓晉文之事章〉）	「莫」是指示代詞，要譯作「沒有人」，如果譯作「不」便十分費解了。

「然」

本是「燃燒」的「燃」，假借為指示代詞，有「這」、「這樣」，或「那」、「那樣」的意思。

例 物皆然，心為甚。（〈齊桓晉文之事章〉）

譯 事物都是這樣的，人的心就更加需要衡量了。

例 因其固然。（〈庖丁解牛〉）

譯 依照牛體原來那樣的結構。

「然」又是個常見的多用詞，可作「是」或「對」的意思。

例 然，誠有百姓者。（〈齊桓晉文之事章〉）

譯 對呀，確實有些老百姓是這樣認為的。

有時候，又可作為形容詞的詞尾。

例 怡然自樂。（〈桃花源記〉）

譯 很愉快地自得其樂。

解「怡」是愉快，「然」是詞尾，有「……樣子」的意思。

例 欣然規往。（〈桃花源記〉）

譯 很高興地計劃着到桃花源去。

解「欣」也是愉快的意思，「然」是詞尾。

有時候，「然」又可與其他詞結合使用，例如「然後」或「然則」。看看下面兩個例子：

例句	語譯	解說
權，然後知輕重。（〈齊桓晉文之事章〉）	秤一秤，這樣才知道它的輕重。	這裏的「然後」有「這樣……才」的意思。
然則廢釁鐘與？（〈齊桓晉文之事章〉）	那麼就廢除這祭神的儀式吧？	這裏的「然則」有「那麼……就」的意思。

「焉」

「焉」這個詞往往被誤解為純粹的語氣詞。其實，它有「於是」的意思，有指代作用。「於是」等於「在此」、「在這裏」。

例 三人行，必有我師焉。(《論語•述而》)

譯 三個人同行，這中間一定有可以做我老師的人啊！

解「焉」主要指「這中間」，譯成白話文「啊」，其所表示的肯定語氣，只是「焉」的兼職。

「所」、「者」

這兩個詞和其他指示代詞的不同之處，在於它們都不能單獨使用，而要和其他詞結合，組成「所字結構」和「者字結構」，結合後有明顯的指示作用。「所」字放在動詞前，例如：「問女何所思？問女何所憶？」(〈木蘭辭〉)「何所思」就是指「想的是甚麼」。「者」字則放在其他形容詞後，例如「知者不惑」(《論語•子罕》)，「知者」指「聰明的人」。

疑問代詞

文言文用來提問題的代詞，比上面兩類代詞少一些，但比白話文仍然多一些。除了「誰」和「何」沿用至今，其他現在都不用了。這些不用的詞，用法相當複雜，稍不注意，容易誤解和誤譯。表列比較如下：

	文言	白話
指人	誰、孰、何	誰、哪個、甚麼
指事物	何、曷、胡、奚	甚麼、怎麼、為甚麼
指處所及其他	安、惡、焉	哪裏、為甚麼
指數目	幾、幾何、幾許	多少

「誰」

「誰」這個詞，古今都特指人。「孰」與「誰」的不同之處，在於前者不獨指人，也可指事物。例如：「畫孰（甚麼）最難者？」（《韓非子‧外儲說左上》）即「畫甚麼最難呢？」。「孰」又往往見於選擇問句中，例如〈鄒忌諷齊王納諫〉中「吾與徐公孰（哪個）美？」一句即「我與徐公相比誰較英俊？」。「孰」又可和「與」連用，寫作「孰與」，有表示比較的作用，例如：「吾孰與徐公美？」白話語譯與「吾與徐公孰美」相同。

「何」

「何」不僅指人，也可指事物，指其他。「何」是最常見的、使用範圍最廣的疑問代詞。同學試細閱下面幾個例句，句中的疑問代詞都可換上一個「何」字。

- 曷不（等於「何不」）委心任去留？（〈歸去來辭〉）
- 田園將蕪胡不（即「何不」）歸？（〈歸去來辭〉）
- 樂乎天命復奚（「何」、「甚麼」）疑？（〈歸去來辭〉）
- 沛公安在（即「在安」，等於「在何，等於在哪裏」）？（《史記‧項羽本紀》）
- 君子去仁，惡（「何」、「怎麼」）乎成名？（《論語‧里仁》）
- 且焉（「何」、「哪裏」）置土石？（〈愚公移山〉）

按傳統習慣，講文言虛詞，必然不會漏掉代詞。文言虛詞大多從實詞借用，這在文言疑問代詞裏也有例證。例如「奚」的本義是「女奴」；「胡」指「獸類頸下的垂肉」；「孰」是「煮熟了」的「熟」；「安」表示「安全」的「安」；「惡」作疑問代詞，要讀成「烏」，「烏」與「惡」通用，「烏」原先也是鳥名，指「烏鴉」。同學要注意這些實詞虛化的例子，避免把實詞看作虛詞，或把虛詞當作實詞。

練習九

細讀下文，想想文中加點的代詞的意思，把答案寫在括號內。

曾子①之妻之市②，其（1.　　　　）子隨之（2.　　　　）而泣。其（3.　　　　）母曰：「女（4.　　　　）還，顧反③為女（5.　　　　）殺彘④。」妻適⑤市來，曾子欲捕彘殺之（6.　　　　），妻止之（7.　　　　）曰：「特⑥與嬰兒戲⑦耳。」曾子曰：「嬰兒非與戲也。嬰兒非有知⑧也，待父母而學⑨者也，待父母之教。今子（8.　　　　）欺之（9.　　　　），是（10.　　　　）教子欺也。母欺子，而不信其（11.　　　　）母，非以成⑩教也。」遂烹彘也。

（節錄自《韓非子・外儲說左上》）

【註釋】

① 曾子：孔子的弟子。
② 市：市集。
③ 顧反：等我回來。
④ 彘：豬。
⑤ 適：從。
⑥ 特：只是。
⑦ 戲：哄。
⑧ 知：知識。
⑨ 待父母而學：看父母行事。
⑩ 成：通「誠」。

不滿於當副職——不可小視的副詞

有一類詞，大概因為它們不能擔任句子骨幹，只配充個次要角色，所以名為「副詞」。其實，紅花雖好，還得綠葉扶持。要是沒有這些配角，句便不成句，文章也不成文章了。古人一些複雜而微妙的心情，說不定今天就難於理解；一些可歌可泣的文章，也無法一代一代地流傳下來。因此，從這個角度看，副詞不「副」。

「四體不勤」該怎麼解？

實詞虛化，許多副詞也是從實詞借用來的。它們保留了實詞的某些意義，但是這些意義古今差異很大，用法不一樣。例如「不」這個詞，無論含義或用法，古今基本相同。但在《論語》裏，「荷蓧丈人」有番話，歷來眾說紛紜，原因就出自一個「不」字。

據說，子路有一天跟孔子外出，自己落在後面，遇見一位挑着農具的老人（古代叫丈人），子路問道：「你看見我的老師嗎？」老人答道：「四體不勤，五穀不分，孰為夫子？」「不」是表否定的，於是有些人便把這番話翻譯為：「（你們這些人）手足不勤，五穀不分，哪個是你的老師？」看來沒有甚麼不妥，至少在字面上是講得過去的。

有些人則從另一個角度考慮，覺得這番話不像是諷刺話，更不是罵人的話，而是一句自謙的話。老人的意思是：「（我們耕田人）只知道手足要勤，五穀要分罷了，哪裏知道你說的甚麼老師？」上古時候，「不」有時不表示否定意思，這種情況越古越常見。就是今天，這種特殊用法也並非完全淘汰，如「不尷不尬」，就是「尷尬」。況且，問路而已，哪有劈面把人斥責一通的？於情於理都有點講不過去吧？所以，後一種說法反而值得重視。

副詞問題不少，下面分別討論。

文言文的時間副詞

	文言	白話
過去時	表已經過去：既、已、業（業已）	已經
	表追述過去：向、初、本、適、始、故	以前、當初、剛才
	表曾經有過：嘗、曾	曾經
現在時	方、正、適、會	正、正在
將來時	將、行、行將、方、且、垂、其、欲	將、將要
不定時	表長久：常、永、素、雅、恆、久	常、經常、長久
	表短暫：尋、已而、未幾、須臾、俄、俄而、頃、俄頃、頃刻	不久、不一會兒
	表終結：終、卒、遂、迄	終於、最後
	表急速：遽、奄、立、急、旋、忽、速、亟、卒然	立即、突然、忽然
	表漸進：稍、徐、漸	逐漸、漸漸、緩緩
	表頻率：又、復、數、累、屢、亟、往往	常常、再次、多次

「嘗」、「曾」

先秦以前，表示「曾經」會用「嘗」，而不是「曾」。試比較下面這兩句話：

例 曾不若孀妻弱子。（〈愚公移山〉）

例 臣嘗有罪，竊計欲亡走燕。（〈廉頗藺相如列傳〉）

第一句的「曾」不是「曾經」，而是「竟」、「居然」的意思，翻譯過來便是：「（你）簡直不如一個寡婦、一個不懂事的小孩子！」第二句的「嘗」才是「曾經」的意思。大概是漢以後，「曾」才和「嘗」一樣作為時間副詞，因此不要把「曾」錯認為「曾經」。

其他表示時間的副詞，大多從實詞引伸或借用。例如：

「既」

本義是「吃完了飯」，引伸為「盡」、「完了」，借用作「已經」的意思。

「初」

本義是「開始」，引伸為「當初」、「先前」，用作追述以前發生的事。

「雅」、「素」

這兩個詞都當「經常」、「向來」的意思。

「頃」

原來是「頃斜」，借作「片刻」、「一會兒」。「食頃」就是「吃一頓飯的工夫」，表示時間短暫。

「尋」、「常」

這兩個詞都是古代長度單位，「八尺」為「尋」，「二尋」為「常」。

這些詞，不僅跟今天的詞義不同，跟它的本義也不一樣，翻譯時要注意這些變化。

文言文的範圍副詞

	文言	白話
表全部	咸、皆、具、俱、悉、舉、盡、畢、凡、備、遍	都、全、總共
表部分	但、僅、直、獨、惟（唯）、惟（唯）獨、徒、特、才、乃、第、區區	只、只是、只有、只不過、僅僅

	文言	白話
表共同	共、同、並、齊、俱	共同、一起、互相
表各別	各、各各、自、每	各、各自、另外
其他	相	互相

「咸」、「偕（皆）」、「俱（具）」、「舉」、「盡」

這些詞，雖然都表示範圍的全體，一般可譯作「都」或「全」，但它們的含義和用法，都略有差別。「咸」有「普遍如此」的意思。「偕」和「俱」都有「共同一起」的意思，但「偕」另有「一個跟着一個」的意味。「舉」的本義是「把東西舉起來」，引伸作「全部」、「整個」，含有「絕無例外」之意。「盡」即「窮盡」，有「一個不漏」的意味。

「相」

原是動詞，本義是「察看，仔細地看」。借用作範圍副詞，有「互相」或「彼此」之意。例如：

例 爺娘聞女來，出郭**相**扶將。（〈木蘭辭〉）

解 句中的「相」指「爺娘互相攙扶」。

例 阡陌交通，雞犬**相**聞。（〈桃花源記〉）

解「相聞」是指「彼此聽得到」。

有時，「相」單指一方，如：「（胡人）憑陵殺氣，以**相**剪屠。」（〈弔古戰場文〉）這裏的「相」，指「我方」，「相剪屠」就是「搶劫屠殺我方百姓」。「相」又有指代作用。建安七子之一的曹植，其〈七步詩〉有云：「本是同根生，**相**煎何太急？」，「煎」的是豆，這裏是暗指「我」，即曹植自己。「誓天不**相**負」是講樂府詩〈孔雀東南飛〉的男主人公焦仲卿指天發誓，不背負劉蘭芝（詩中的女主人公），「相」在這裏譯作「你」，指蘭芝。

文言文的程度副詞

文言文的程度副詞，按程度而言，可分為高度、中度和輕度，表列如下：

	文言	白話
高度	頗、絕、殊、極、甚、太、尤、最	很、最、大
中度	頗、益、更、尤	更、更加
輕度	少、稍、微、略	稍微、稍稍

「少」

讀作「稍」，它和「稍」都表示較輕的程度，但含義和用法略有差別。「少」是「稍微」的意思，不是「多少」的「少」。〈口技〉中「賓客意少舒」一句，可譯作「賓客的心情稍微放鬆了一些」。但在〈黔之驢〉「（驢）稍出近之」一句中，「稍」是「漸漸」的意思。又〈口技〉「稍稍正坐」的「稍稍」，則和白話意思一樣，不用翻譯。

「頗」

虛詞用法靈活，各種程度並無嚴格的界線。例如「頗」字有時表示高度，有時也表示中度或輕度，不宜一律譯作「很」。

文言文的否定副詞

	文言	白話
一般性	不、弗、勿、毋、无、微、非（匪）、莫、未、靡	不、沒有
禁止性	毋、勿、弗、莫	別、不要
疑問性	不、否、非（匪）	

「不」

「不」是一個一般性的否定副詞，古今都廣泛使用。

「弗」

「弗」即「不」的意思，其使用範圍比「不」窄一些。

「微」

不是「細微」的「微」，而是作「非」這意思的否定副詞，一般用在表示假設的句子裏，如：「微斯人，吾誰與歸？」（〈岳陽樓記〉），這個「微」，有「除非」、「如果不是」的意思，翻譯過來是「如果不是這種人，我要去跟從誰呢？」。

「匪」

同「非」，不是今天説的土匪。「匪」也是先秦以前常見的否定詞。「非」的主要作用是否定「是」（「是非」的「是」），等於「不是」，如《孟子・公孫丑上》的「無惻隱之心，非人也」，「非人也」等於「那就不是人」。

「勿」、「毋」

這兩個詞是禁止性的否定副詞，相當於「別」、「不要」。例如〈六國論〉中「齊人勿（別）附於秦」，以及〈廉頗藺相如列傳〉中「趙王畏秦，欲毋（不）行」。「毋」常通假作「无」，「无」是古代的「無」字，今天所用的「無」的簡化字正是用了古字。

「否」、「不」

這兩個詞往往放在句末，表示疑問，如「秦王以十五城請易寡人之璧，可予不？」（〈廉頗藺相如列傳〉）。放在句末有把問句重複的作用，例如「可予不？」等於説：「給他呢，還是不給？」

文言文的禮貌副詞

自謙的	愚、竊、敢、伏
表敬的	請、敬、謹、幸、垂、辱、枉

「愚」、「竊」

「愚」即「愚笨」，「竊」不同於今天的「偷竊」。「愚」和「竊」都有「自己的言行不一定對」的意味。

例 臣竊以為其人勇士。（〈廉頗藺相如列傳〉）

解 句中的「竊」，一般譯作「私下」、「私意」。

例 愚以為宮中之事，事無大小，悉以咨之。（〈出師表〉）

解 句中的「愚」字不譯。

「敢」

有「冒昧」的意思。

「伏」

用於下對上的陳說。

「請」

有「請你允許我」的意味。

「敬」、「謹」、「幸」、「請」

「敬」和「謹」都表示對別人的敬意；「幸」有「承蒙照顧」的意思。「敬」、「謹」、「幸」這幾個詞，在今人的書信往來中仍偶有出現。「請」則不論書面或口語，都是表示禮貌的常用詞，古今一樣。

文言文的語氣副詞

	文言	白話
表肯定	固、必、誠、蓋、良、實、決、果、信	的確、必定、真的、果然
表推測	豈、或、其、殆、無、乃	恐怕、或許
表估計	庶、庶幾、蓋、略、約、可、且、率	大概、大約、差不多
表反問	豈、寧、獨、其、幾、庸、渠	難道
表意外	直、曾、乃	竟、竟然
表希望	惟（唯）、幸、其	希望、應該

「豈」

「豈」是常見的語氣副詞，有時表示推測的語氣。

例 豈其憤世嫉邪者耶，而託於柑以諷耶？（〈賣柑者言〉）

譯 莫非他是不滿現實、痛恨邪惡，而假託賣柑子來諷刺的嗎？

例 趙王豈以一璧之故欺秦耶？（〈廉頗藺相如列傳〉）

譯 趙王難道因為一塊璧的緣故欺騙秦國嗎？（這裏的「豈」表示一種反問語氣，一般譯作「難道」、「怎麼」、「哪裏」。）

「豈」是個多用詞，上文已說過，它有時又用於疑問句，例如〈齊桓晉文之事章〉「王豈為是哉？」一句，就是一個疑問句，意思是：「大王真是為了這些嗎？」

「蓋」

「蓋」也是常見的語氣副詞，往往用於句首，表示提示和肯定的語氣。

例 蓋儒者所爭，尤在於名實。（〈答司馬諫議書〉）

譯 讀書人所爭論的，最突出的是在於名義和實際的關係。

上例中的「蓋」提示「儒者所爭」的問題，並由此作出「尤在於名實」的肯定性判斷。「蓋」有時又表示不肯定的語氣。

例 余登箕山，其上蓋有許由冢云。（《史記・伯夷列傳》）

譯 我登上箕山，那上面大概有座許由的墳墓吧。

上例中的「蓋」有「大概」的意思，是一種委婉的説法。除了表示語氣，有時又相當於一個連詞，連接上下文。

例 然侍衛之臣不懈於內，忠志之士忘身於外者，蓋追先帝之殊遇，欲報之於陛下也。（〈出師表〉）

解「蓋」以下的話，是説明上一句所出現的情況的原因。「蓋」原是實詞，所以容易被當作「覆蓋」的「蓋」，例如〈項脊軒志〉中的「庭有枇杷樹，吾妻死之年所手植也；今已亭亭如蓋矣」，這裏的「蓋」是把枇杷樹比作大傘。「蓋」這個詞，又容易與「盍」（讀作合）混淆。「盍」是一個兼詞，一身兼作「何」與「不」，即「何不」的意思。

「其」

「其」作為語氣副詞，有時表示推測、估計的語氣，有「大概」、「恐怕」、「可能」的意思。

例 其是吾弟與？（《史記・刺客列傳》）

譯 這大概是我的弟弟吧？

例 先生其此類乎？（〈中山狼傳〉）

譯 先生恐怕就屬於這一類吧？

有時又表現反問的語氣。

例 若是其甚與？（〈齊桓晉文之事章〉）

譯 難道會有這樣嚴重嗎？

如果放在句首，還會有加強反問語氣的作用。

例 其如土石何？（〈愚公移山〉）

譯 這又能把土塊石頭怎麼樣呢？

有時又表現希望的語氣。

例 諸君其籌之。（〈方臘起義〉）

譯 諸位應該籌劃一下這件事。

「其」是常見的多用詞，既可作人稱代詞，又可作指示代詞。它不僅代人，也代事物，是個廣泛用於各種場合的代詞，上文已説及，不在這裏討論了。

練習十

一、試從下面的句子中，圈出表示時間的副詞。

1. 未果，尋病終。（〈桃花源記〉）
2. 少頃，但聞屏障中撫尺一下。（〈口技〉）
3. 不如須臾之所學也。（《荀子‧勸學》）
4. 向河立待良久。（《史記‧滑稽列傳》）
5. 俄而百千人大呼。（〈口技〉）
6. 立有間。（《韓非子‧喻老》）
7. 久之，目似瞑。（《聊齋志異》）
8. 未幾，夫齁聲起。（〈口技〉）
9. 已而簡子至。（〈中山狼傳〉）
10. 頃之，煙炎張天。（〈赤壁之戰〉）

二、下面句子中的加點詞，只有一個沒有「明天」的意思，而含有「將來」的意思，試把它圈出來。

1. 旦日，客從外來。（〈燭之武退秦師〉）
2. 翌日，以資政殿學士行。（《指南錄‧後序》）
3. 且備異日也。（〈甘薯疏序〉）
4. 翼日進宰。（《聊齋志異》）

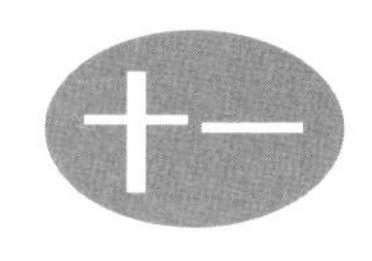

超能膠？紅絲線？——猶如公關經理的連詞

在文言虛詞中，連詞可是個龐大的家族。眾多的成員從事的卻是單一的專業，就是使詞句之間的關係更密切。如果沒有它們的幫助，這種上下左右，複雜而微妙的關係，便無法溝通和協調。連詞相當重要，倒有點像現代的公關經理呢。

古文大師也愛用連詞！

「而」這個詞在連詞大家族裏，可說是一位活躍份子。歐陽修似乎很早便發現它，欣賞它。據說，他有個叫韓琦的朋友，在相州做官時建了一座「晝錦堂」，請歐陽修寫一篇〈晝錦堂記〉。可是，文章剛寫好，由於來取稿的人再三催促，還來不及修改便被帶走了。當晚，一向有修改文章習慣的歐陽修誦讀草稿時，發現其中兩句話：「仕宦至將相，錦衣歸故鄉。」總覺有些甚麼不妥。推敲了好一陣子，忽然想起「而」這個詞，於是提筆改為：「仕宦而至將相，錦衣而歸故鄉。」這樣一改，不僅文氣順暢，而且意味無窮。於是叫家人連夜去追趕來人，把兩個「而」字補了上去。

〈醉翁亭記〉是一篇不足四百字的文章，「而」字竟出現了二十四次，這反映了歐陽修對「而」字似乎有點偏愛。篇中描寫滁州百姓郊遊之樂，用了三句話：「臨溪而漁，溪深而魚肥；釀泉為酒，泉香而酒洌；山肴野蔌，雜然而陳者，太守宴也。」三句話中，用了四個「而」字。乍一看來，這四個字似乎可要可不要，因為去掉這幾個「而」字，意思沒有絲毫改變。可是，細細琢磨一下，又會發覺要和不要，大不一樣。不要，意思雖沒改變，但氣短而促，平淡無味。要了，則氣勢通暢，舒緩有節，不僅再現滁州百姓當日郊遊的歡樂，而且在誦讀中，使人更感受到極寫百姓之樂，正是為了表現太守之樂啊！

結尾也用了好幾個「而」字：「然而禽鳥知山林之樂，而不知人之樂；人知從太守游而樂，而不知太守之樂其樂也。」歐陽修這位北宋文壇泰斗，在《六一詩話》中講到，寫文章要寫「言外不盡之意」；那麼，結尾這幾個「而」字是為表示轉折的，不僅呼應了開頭「醉翁之意不在酒」的題意，而且委婉地點明醉翁「樂其樂」的「不盡之意」，真是迴腸蕩氣，意味無窮。

連詞的兩大類

連詞這個家族，成員又多又複雜，總體來説，按它們表示的關係，可分為聯合關係與偏正關係兩大類，表列如下：

		文言	白話
聯合關係	表並列	與、及、而、且	和、與、及、且……且……、又……又……
	表順接	而、乃、遂、便、因	便、就、於是
	表遞進	並、且、況、抑、而	並且、而且、況且
	表選擇	抑、意、其、如、若	還是、或者、或是……呢、還是……呢
	表轉折	然、則、雖、雖然、而、如顧、至若、至於	但是、可是、不過
偏正關係	表因果	以、因、為、而、故、以是、足以	因為、由於、所以、因此
	表讓步	雖、即、縱	即使、縱使
	表目的	以	以、便、或
	表假設	苟、如、若、而、即、今、誠、自、如使、竟使	假使、如果
	表取捨	孰與……與其、……孰若……	

幾個活躍的連詞

「而」

用法	例句	語譯
相當於「與」，語譯時可不譯。	敏於事而慎於言。(《論語•學而》)	(君子) 做事勤快，説話慎重。
	學而時習之，不亦説乎？(《論語•學而》)	學到了知識，而且按時去温習，不也是很高興的嗎？
	婦拍而嗚之。(〈口技〉)	婦人一邊拍，一邊哼着哄他。
相當於「就」，表順接。	夫戰，勇氣也。一鼓作氣，再而衰，三而竭。(〈曹劌論戰〉)	打仗這件事，全靠士兵的勇氣。第一次擊鼓，士氣最旺盛；第二次擊鼓，士氣就低落了；第三次擊鼓，士氣就沒有了。
	生而知之者，上也。(《論語•季氏》)	生來便懂得知識的，這是上等資質的人。
相當於「但是」，表轉折。	今恩足以及禽獸，而功不至於百姓者，獨何與？(〈齊桓晉文之事章〉)	現在大王的恩惠足以施予禽獸，但是這些功德卻不能到達老百姓身上，這是為甚麼呢？
	王笑而不言。(〈齊桓晉文之事章〉)	齊宣王笑了笑，可是不説話。(把「而」譯作「可是」，語意比「但是」輕一些。)
	出淤泥而不染。(〈愛蓮説〉)	(蓮花) 從污泥出來，卻又不受污泥的沾染。
相當於「因此」，表因果。	忌不自信，而復問其妾。(〈鄒忌諷齊王納諫〉)	鄒忌自己不相信 (比徐公美)，因而又去問他的妾。
	今急而求子，是寡人之過也。(〈燭之武退秦師〉)	現在國家危急才來求你，這是我的過錯。(「急」是「求」的原因。)
	倉廩實而知禮節。(〈論積貯疏〉)	糧食裝滿了，老百姓也就懂得了禮節。(「而」表示前後文的因果關係。)

用法	例句	語譯
相當於「如果」，表假設。	諸君而有意，瞻予馬首可也。(《清稗類鈔•戰事類》)	各位如果也有這個意思，就看我的馬頭所向(即聽我指揮)就行了。(也就是俗話說的「看我馬頭」。)
相當於「地」，表修飾。	默而識之。(《論語•述而》)	默默地記住學到的知識。
	久而不去。(〈賣油翁〉)	長時間地沒有走開。(句中「而」字有「地」的作用，「而」字可不譯。)

「而」還可以和其他詞結合為「然而」、「而後」等雙音連詞，結合成「既而」、「已而」、「俄而」等表時間的副詞，相當於「不久」、「後來」、「一會兒」，也可結合為「而已」，相當於「罷了」。

「則」

用法	例句	語譯
一般譯作「就」。	戰則請從。(〈曹劌論戰〉)	打仗的時候，就請允許我跟你一同去吧。
有時譯作「那就」。	無以，則王乎？(〈齊桓晉文之事章〉)	如果一定要說，那就說說王道吧。
	學而不思則罔。(《論語•為政》)	只讀書而不思考，那就會感到迷惑。
有時譯作「如果……就」。	三十日不還，則請立太子。(〈廉頗藺相如列傳〉)	如果三十日不回來，就請允許我立太子為王。
有時也可譯作「卻」。	至則无用，放之山下。(〈黔之驢〉)	驢運到後卻沒有用處，就把牠放到山下。
有時又和其他詞組成「然則」，相當於「那麼，就……」的意思。	然則廢釁鐘與？(〈齊桓晉文之事章〉)	那麼，就廢除釁鐘的儀式吧？

「與」

「與」的用法，古今差不多，例如：「富與貴，是人之所欲也。」（《論語・里仁》）句中的「與」是「和」的意思，把整句譯為白話文，即「富貴與尊榮，這是人人所希望的」。再看看下面的例子：

例句	語譯	解說
公與之乘。（〈曹劌論戰〉）	魯莊公同曹劌共乘一輛戰車。	「與」應看作是介詞，相當於「同」或「跟」。
執事敬，與人忠。（《論語・子路》）	處理事情嚴肅認真，對別人忠誠老實。	「與」同「對」。「與」用作連詞還是介詞，要看上下文決定，不要憑主觀臆測。
公之視廉將軍，孰與秦王？（〈廉頗藺相如列傳〉）	你們看廉將軍和秦王相比，哪一個厲害？	「與」又常和其他詞結合，表示比較。「孰與」也可寫作「與……孰……」或「孰……與……」，例如〈鄒忌諷齊王納諫〉中的「吾與徐公孰美」一句。
與其坐而待之（斃），孰若起而拯之？（《清稗類鈔・戰事類》）	與其坐着等死，哪裏比得上奮起拯救它呢？	有時又結合為「與其……孰若……」的句式，表示取捨。
與其害於民，寧我獨死。（《左傳・定公十三年》）	與其害那些老百姓，寧可我自己死去。	也有結合為「與其……寧……」的句式。
卒相與歡，為刎頸之交。（〈廉頗藺相如列傳〉）	兩人終於和好，成為誓同生死的朋友。	「與」還可以和其他詞結合成動詞。這裏的「與」是交朋友的「交」。
與嬴而不助五國也。（〈六國論〉）	這是因為齊國討好秦國而不援助五國啊！	句中的「與」作「結交」的意思。

「且」

「且」這個詞，在古在今都是連詞。文言文中的「且」，一般有以下幾個用法：

用法	例句	語譯
當「和」字用。	王不行，示趙弱且怯也。（〈廉頗藺相如列傳〉）	大王如果不去，就顯示趙國軟弱和膽怯了。
當「尚且」的意思。	臣死且不避，卮酒安足辭！（《史記‧項羽本紀》）	我死尚且不怕，一杯酒又哪裏值得推辭呢！
當「況且」的意思。	且焉置土石？（〈愚公移山〉）	況且往哪裏堆放泥土和石塊呢？
當「要」或「將要」的意思。	以為且噬己也。（〈黔之驢〉）	以為驢子要吃掉自己。
當「又」的意思。	先生且喜且愕。（〈中山狼傳〉）	先生又是高興，又是驚喜。
當「一邊」的意思。	且搏且卻。（〈中山狼傳〉）	（先生）一邊搏鬥，一邊退卻。

「乃」

用法	例句	語譯
有時相當於「便」或「就」的意思。	乃瞻衡宇。（〈歸去來辭〉）	遠遠便望見自己那座簡陋的房屋。
	吳廣以為然，乃行卜。（《史記‧陳涉世家》）	吳廣認為很對，就去占卜。
相當於「竟」的意思。	問今是何世，乃不知有漢，無論魏晉。（〈桃花源記〉）	問如今是甚麼世代，竟不知有甚麼漢朝，更不必說魏晉了。
相當於「然後」的意思。	盡其肉，乃去。（〈黔之驢〉）	（老虎）吃光了牠的肉，然後離開。（「乃」譯作「才」也可以，但譯作「然後」似乎更準確一些。）
相當於「於是」。	乃重修岳陽樓。（〈岳陽樓記〉）	於是重修岳陽樓。

「乃」又和「而」、「若」一樣，充當人稱代詞，作「你」的意思。陸游〈示兒〉一詩其中兩句：「王師北定中原日，家祭勿忘告乃翁。」這裏「乃翁」即「你父」。兩句詩是說：「國家軍隊北伐平定中原後，在舉行家祭時不要忘記把勝利的消息告訴你死去的父親。」

「之」

「之」字作為連詞，主要在結構上起作用：一是相當於今天的結構助詞「的」，例如「大小之獄（大大小小的刑訟案件）」、「覽物之情（觀看景物所產生的感情）」；一是用於取消句子的獨立性，例如「雖我之死，有子存焉」（〈愚公移山〉），「我死了」是一句話，「我之死」便成為短語了。

「之」在文言文中是常見的多用詞。除了作連詞，它又可作人稱代詞及指示代詞，還可作動詞。凡是文言文章，可說沒有一篇沒有它。因此，同學對「之」的不同用法，要細心辨別。試看看下表：

例句	語譯	解說
輟耕之壟上。（《史記‧陳涉世家》）	停止耕作，到田埂上去。	句中的「之」是「到」的意思。
康肅笑而遣之。（〈賣油翁〉）	康肅笑着把賣油翁打發走了。	「之」是代詞「他」，指賣油翁。
驢不勝怒，蹄之。（〈黔之驢〉）	驢禁不住發怒，用啼子踢老虎。	「之」代虎，可譯作「牠」。
以我酌油知之。（〈賣油翁〉）	憑我倒油的經驗便可知道這個道理了。	「之」雖然也是代詞，卻不能譯作「它」，因為這個「之」是指「手熟就能善射的道理」。

有時，前面沒有半點提示，半路卻會殺出個「之」字來，如「公將鼓之」（〈曹劌論戰〉）、「悵恨久之」（《史記‧陳涉世家》）等，同學便要留意了，因為這些「之」字不過是一個音節，並無甚麼意義，一般不譯。

練習十一

一、細讀下文，選出最合適的虛詞，寫在橫線上（虛詞可重複使用）。

於　而　為　則　乃　耳　且

公①一女，嫁 1. ______ 畿輔②某官某妻。公夫人甚愛女，每迎女，婿固不遣③，恚 2. ______ 語女曰：「3. ______ 翁長銓④，遷我京職，4. ______ 汝朝夕侍母。5. ______ 遷我如振落葉 6. ______ ，7. ______ 固吝者何？」女寄言 8. ______ 母。夫人一夕置酒，跪白公。公大怒，取案上器擊傷夫人，出，駕 9. ______ 宿 10. ______ 朝房⑤，旬 11. ______ 還第。婿竟不調。

（節錄自〈記王忠肅公翱三事〉）

【註釋】

① 公：王翱，明代名臣。

② 畿輔：京都附近地方。

③ 不遣：不讓她走。

④ 翁長銓：主管官吏的選拔。

⑤ 朝房：官吏上朝休息的房子。

二、同學於上文所寫的虛詞中，哪幾個是連詞？把它們寫在橫線上。

1. ______　2. ______　3. ______　4. ______

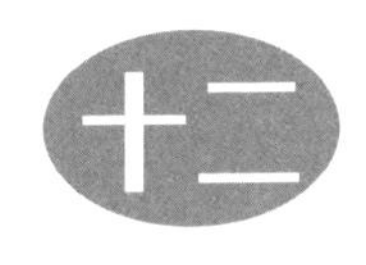

「經紀行」裏的「四大天王」——談介詞

介詞，顧名思義是個「介紹人」，其任務是把這個詞介紹給那個詞，穿針引線，相當於「經紀」，一般不能單獨使用，而要和其他詞組合成介詞結構，以表示動作行為的種種關係。

「於」、「以」、「為」三個詞，是最常見的介詞。但「因」這個詞也不要忽略，它雖然基本上是個連詞，可是用作介詞的地方也不少。在古代，表示原因的詞，常常不是「因」，而是「以」。為了更好地辨別「因」和「以」的用法，特地把它湊在一起，算是四大介詞吧。

「四大天王」之一：「於（于）」

「於」在上古時和「于」讀音不同，但都是介詞，只是寫法有差別。甲骨文只見「于」，不見「於」；先秦時，「於」、「于」並用；戰國以後，古籍寫作「於」的比較多。

一詞多用，「於」的用法很靈活。

例句	語譯	解說
千里之行，始於足下。（《道德經》）	千里的行程，是從邁出第一步開始的。	相當於「自」或「從」。
將入於井。（《孟子・公孫丑上》）	就要掉到井裏去。	相當於「到」。
問道於盲。（〈答陳生書〉）	向盲人問路。	相當於「向」，表示行為的對象。
忠言逆耳利於行，毒藥苦口利於病。（《史記・留侯世家》）	教人從善的語言多數是不太動聽的，但有利於人們改正自身的缺點；好藥大多是難以下嚥的，卻有利於治病。	相當於「對」或「對於」。

表示地點

「於」其中一個意思，相當於「在」，表示事情發生的地點，這是「於」最常見的用法，例如「戰於長勺」(〈曹劌論戰〉)，就是「在長勺作戰」的意思。

表示比較

「於」表示比較，一般譯作「比」，例如「美於徐公」(〈鄒忌諷齊王納諫〉)，就是「比徐公美」。

「夫六國與秦皆諸侯，其勢弱於秦」(〈六國論〉)這句中，「弱於秦」，就是「比秦弱」的意想。

表示原因

唐宋八大家之一的韓愈有一句名言：「業精於勤，荒於嬉。」(〈進學解〉)，翻譯過來便是：「學業的精進，是由於勤奮，荒廢是由於玩樂。」

表示被動

在《史記》中，「幸於趙王」一句中，「於」是「被」的意思，這句翻譯過來便是「被趙王寵倖」。《漢書》內「先發制人，後發制於人」一句，「於」也是「被」的意思，「制於人」就是「被人控制」。

作動詞或連詞

作動詞用的，例如「市於人」(〈賣柑者言〉)的「於」，表示動作，是「給」的意思，全句是「賣給別人」。

作連詞用的，例如「於是入朝見威王」(〈鄒忌諷齊王納諫〉)，「於」與「見」連用，純粹成為連詞。

與「於」用法大致相同的介詞，有「乎」這個例子。〈醉翁亭記〉中「醉翁之意不在酒，在乎山水之間也」一句，「乎」等於「於」，也就是「在」的意思。不同的是，「乎」常放在句末作語氣詞，表示疑問，例如〈賣油翁〉：「汝亦知射乎？」

「四大天王」之二：「以」

「以」的本義是「用」。作為介詞，是從「用」這個動詞虛化而來的。虛化以後，仍帶有「用」的意思。

相當於「用」

例 以身作則。（成語）

譯 用自己的行為做出榜樣。

例 以子之矛，陷子之盾。（《古寓言三則》）

譯 用你的矛，刺穿你的盾。

相當於「把」

例 必以分人。（〈曹劌論戰〉）

譯 必定把它（指衣食）分給別人。

例 以訛傳訛。（成語）

譯 把本來不正確的話，又錯誤地傳出去，以至越傳越錯。

例 農人告余以春及。（〈歸去來辭〉）

譯 農民把春天到了的消息告訴我。（「把」可不譯，只譯作「告訴我春天到了」也可以。）

相當於「拿」

例 予默默無以應。（〈賣柑者言〉）

譯 我拿不出甚麼來回答。

「用」、「把」、「拿」這三個意思，是「以」最常見的用法。再看看下面的例子：

相當於「憑」或「靠」

例 （廉頗）以勇氣聞於諸侯。（〈廉頗藺相如列傳〉）

譯 廉頗憑着勇敢馳名於諸侯各國。

例 秦以攻取之外，小則獲邑，大則得城。（〈六國論〉）

譯 秦國靠戰爭奪取土地以外（還受到諸侯的賄賂），小的就獲得邑鎮，大的就獲得城市。

表示原因

例 不以物喜，不以己悲。（〈岳陽樓記〉）

譯 不因為環境的好壞和自己的得失，而感到歡喜或悲傷。

例 吾所以為此者，以先國家之急而後私讎也。（〈廉頗藺相如列傳〉）

譯 我所以要這樣做，是因為把國家的急務擺在前頭，而把私人的仇怨放在後面。

表示目的

例 不效則治臣之罪，以告先帝之靈。（〈出師表〉）

譯 如果不能實現就治我的罪，以便稟告先帝在天之靈。

例 吾賴是以食吾軀。（〈賣柑者言〉）

譯 我就是依靠這個職業，來養活我自己。

相當於「而」

例 木欣欣以向榮。（〈歸去來辭〉）

譯 樹木蓬蓬勃勃地長勢茂盛。（句中的「以」不是介詞，而是連詞，相當於「地」。）

「四大天王」之三：「為」

作為介詞，「為」的用法也是靈活多變的。

相當於「替」

例 為長者折枝。（〈齊桓晉文之事章〉）

譯 替長者摘果。

例 秦王為趙王擊缻。（〈廉頗藺相如列傳〉）

譯 秦王給趙王擊缻。

相當於「向」或「對」

例 不足為外人道也。（〈桃花源記〉）

譯 不值得對外邊的人說。

把「為」用作「替」、「給」、「對」、「對於」等意思，是最常見的用法。再看看下面的例子：

表示目的

例 願為市鞍馬，從此替爺征。（〈木蘭辭〉）

譯 我願為此（指代父從軍的事）買備鞍馬，從今代替父親出征。

例 否，吾不為是也。（《孟子•梁惠王上》）

譯 不，我不是為了這些呀！

表示原因

例 一羽之不舉，為不用力焉。（〈齊桓晉文之事章〉）

譯 一根羽毛都舉不起來，是因為不肯用力氣啊！

表示被動

例 為國者無使為積威之所劫哉！（〈六國論〉）

譯 治理國家的人，別讓自己被人家的積威所脅迫啊！

解 句中兩個「為」，前一個是動詞，「治理」的意思；後一個是介詞，相當於「被」，表示被動。

「為」作為動詞，一般當「做」或「是」的意思，例如「廉頗為趙將」（〈廉頗藺相如列傳〉），應譯作「廉頗做趙國的大將軍」。「人方為刀俎，我為魚肉」（《史記·項羽本紀》），應譯作「人家是菜刀和砧板，我們好像等着被切的魚和肉」。「為」還可充當語氣詞，如「何辭為？」（《史記·項羽本紀》），即「告辭甚麼呢」，這些就不在此詳作討論了。

「四大天王」之四：「因」

作為介詞，「因」常有「就」、「趁」、「於是」、「順着」、「憑藉」、「依據」、「通過」等意思。

意思	例句	語譯
就	因跳踉大㘎。（〈黔之驢〉）	老虎就跳起來大聲吼叫。
趁	不如因而厚遇之。（〈廉頗藺相如列傳〉）	不如趁此好好地招待他。
順着	因勢利導（成語）	順着事情的趨勢，引導它向有利的方向發展。
依據	因地制宜（成語）	根據各地的具體情況，採取適當措施。
通過、借助	因賓客至藺相如門謝罪。（〈廉頗藺相如列傳〉）	廉頗通過賓客的引路，到藺相如家裏去請罪。

在古代，「因」大都只作連詞用，相當於「就」、「於是」，不表示因果關係。兩漢以後，「因」也有表示原因的，例如柳宗元〈永某氏之鼠〉有「因愛鼠，不畜貓犬」一句。

練習十二

細讀下文，翻譯所附文句，把答案寫在橫線上。

英公①雖貴為僕射②，其姐病，必親為粥，釜然輒焚其鬚。姐曰：「僕妾多矣，何為自苦若此？」勣曰：「豈為無人耶？顧今姐年老，勣亦年老，雖欲久為姐粥，復可得乎？」

（節錄自《隋唐嘉話》）

【註釋】

① 英公：李勣，即徐懋公，唐代名臣。

② 僕射：宰相。

1. 貴為僕射。

____

2. 必親為粥。

____

3. 何為自苦若此？

____

4. 豈為無人耶？

____

5. 雖欲久為姐粥。

____

十三 三身標準服式——談習慣句式

《世説新語》裏有一個故事：管寧和華歆是一對親密的朋友，後來卻絕交了。原來，有一天兩人在菜園裏鋤草，翻出一片黃金。管寧揮鋤如故，把黃金看作石頭瓦片一樣。華歆則把黃金拾起來，看看便把它扔掉了。兩人又曾同席（古人席地而坐）讀書，一個乘着轎子、戴着冕冠的大官從門前經過，管寧依舊讀着，華歆卻放下書本，到門外去看熱鬧。於是，管寧把坐席分開，不願和華歆同座，並説：「子非吾友也。」管寧割席，似乎告訴人們：交朋友是要講點「共識」的。如果連這一點基礎都沒有，即使如何「親密」，也只能親密一時，終究也難於「親」下去。

古今句式大不同

從「管寧割席」的故事談起，並不是要發表甚麼議論，主要是想談談「子非吾友也」這句話。在文言文裏，這倒是一個表示否定的典型判斷句。如果要表示肯定，便把「非」字抽掉，寫作「子，吾友也」或「子乃吾友也」。譯成白話，則分別是「你是我的朋友」及「你不是我的朋友」。從這個例子可見，表示判斷的習慣，古今很不一樣。白話文一般用「是」或「不是」，文言文相反，大都不用「是」。

不獨表示判斷的方式如此，在表示被動的意思時，古今也有不同的習慣。今天表示被動，一般用一個「被」字便行了。但在文言文裏，則要複雜得多，往往不用「被」字，因為「被」字在古代是作動詞用的，有「蒙受」、「遭受」的意思，或當披衣的「披」字用。雖然「被」這個字早在戰國時已有，但表示被動而又廣泛使用，是後來又後來的事了。

其他如詞語的次序、詞語的省略等，古今習慣都有不少差別。下面談談文言句式的種種習慣，這對同學準確語譯文言文是很必要的。

文言文的判斷句式

所謂判斷，就是對事理作出判斷，相當於「甚麼是甚麼」或「甚麼不是甚麼」。文言文表示判斷的方式多種多樣，以下是幾個常見的句式：

「者也」式

用法	例句	語譯
前句用「者」表示提頓，後句末尾用「也」表示判斷，「者」、「也」並用，寫作「……者……也」，是最常見的格式。	廉頗者，趙之良將也。(〈廉頗藺相如列傳〉)	廉頗是趙國傑出的將領。
只用「者」，不用「也」，寫作「……者……」。	佳兵者，不祥之器。(《天工開物•下篇•佳兵》)	精鋭的武器，是不祥的東西。
有時只用「也」，不用「者」，寫作「……，……也」。	城北徐公，齊國之美麗者也。(〈鄒忌諷齊王納諫〉)	城北的徐公，是齊國的美男子。
「者也」都不用，寫作「甲、乙」。	農，天下之本。(《史記•孝文本紀》)	農業是天下的根本。

上表第一種「……者……也」的句式，由於「者」帶代詞性，有重複指出主語的作用，和末尾的「也」字一呼應，判斷的意味便特別強。第二、三種句式的判斷意味比第一種弱，第四種不用「者」、「也」的便更弱了，只有一點解釋的意味。

「為」字式

「為」這個詞，由於本身是動詞，所以許多時候都可作「是」用，例如下面各例句中的「為」，都可譯作「是」：

例句	語譯
天下為公。(〈大同與小康〉)	天下是大家的。

例句	語譯
知之為知之，不知為不知。(《論語·為政》)	知道就是知道，不知道就是不知道。
我為趙將，有攻城野戰之大功。(〈廉頗藺相如列傳〉)	我是趙國的大將，有攻城野戰的大功。

「為」又是介詞，所以初學者很容易把作介詞的「為」當作「是」，這是同學翻譯時要注意的。下面句子中的「為」，都不能譯作「是」：

例句	語譯
拜為上卿。(〈廉頗藺相如列傳〉)	任命他做上卿。
為一擊瓿。(〈廉頗藺相如列傳〉)	替他敲了一下瓿。
不為也，非不能也。(〈齊桓晉文之事章〉)	是不肯去做，並不是不能夠做到啊。

有時同一個「為」字，只要在句子裏換一下位置，性質便不一樣了。例如「食為民天」(《顏氏家訓·涉務》)，「為」是「是」的意思，翻譯過來便是「食是老百姓天大的事」。如果改一個說法：「民以食為天」，這個「為」就要譯作「作為」了。

「是」字式

兩漢以後，陸續有用「是」作判斷詞。例如東晉時代作品〈桃花源記〉：「問今是何世(探問現今是甚麼朝代)？」，以及北朝民歌〈木蘭辭〉：「兩兔傍地走，安能辨我是雄雌(兩隻兔子在地上跑，怎能辨別出哪隻是雄兔，哪隻是雌兔呢)？」。這兩句中的「是」，完全等於現今白話文的判斷詞「是」。

有些「是」字，看似是判斷詞，實際不是。例如「是進亦憂，退亦憂」(〈岳陽樓記〉)，這個「是」不是判斷詞，而是指代詞，仍舊作「這」的意思。這句話應譯為「這樣，在朝當官也擔憂，免官下野也擔憂」。

副詞式

副詞有兼表判斷的功用，但不等於説它是判斷詞。試看看下面來自〈岳陽樓記〉的一句：

此則岳陽樓之大觀也。

句中「此」作「這」的意思，同學不要誤以為是判斷詞，只是在翻譯時要加個「是」字表示判斷，譯作「這些就是在岳陽樓上看到的雄偉景象」。

先秦時，還沒有專用的判斷詞，所以大量副詞兼表判斷，例如「此」、「乃」、「則」、「皆」、「即」、「必」、「誠」、「素」、「非」（通「匪」，只用於否定的判斷）等，既可表判斷，又可加強肯定或否定的語氣。再看看以下例子：

例句	語譯
此誠危急存亡之秋也。（〈出師表〉）	這的確是危急存亡的重要關頭。
夫六國與秦皆諸侯。（〈六國論〉）	六國和秦國都是諸侯國。
至於斟酌損益，進盡忠言，則攸之、禕、允之任也。（〈出師表〉）	至於斟酌利弊，增減興廢，提出有益意見，就是郭攸之、費禕、董允他們的責任。
且相如素賤人。（〈廉頗藺相如列傳〉）	況且，藺相如一向是地位低賤的人。

文言文的被動句式

在古籍中，雖然不時看到「被」字，但大都不表示被動。古人表示被動有各種方式：

「於」字式

上文説過，「於」是個介詞，常作「在」的意思。但下面例句中的「於」則譯作「被」，表示被動：

例句	語譯
君幸於趙王。（〈廉頗藺相如列傳〉）	你被趙王所寵倖。
使不辱於諸侯。（〈廉頗藺相如列傳〉）	出使外國，不被諸侯所欺辱。
窮者常制於人。（《荀子‧榮辱》）	走投無路的人，常常被別人支配。
不拘於時。（〈師説〉）	不受時俗的限制。

「見」字式

用法	例句	語譯
作介詞，「被」的意思，不是看見的「見」。	今見破於秦。（〈廉頗藺相如列傳〉）	現在六國被秦國打敗。
	欲予秦，秦城恐不可得，徒見欺。（〈廉頗藺相如列傳〉）	要是把璧送給秦國，秦國的城池恐怕得不到，白白地被他們欺騙。
和「於」並用，常見於秦漢古籍，比單用一個「於」字，被動的意味明確得多。	臣誠恐見欺於王而負趙。（〈廉頗藺相如列傳〉）	我實在怕被大王欺騙而對不起趙國。

「受」字式

「受」等於「被」，如「有罪受罰」（《左傳‧哀公九年》），等於「有罪被處罰」。在《資治通鑑》「吾不能舉全吳之地，十萬之眾，受制於人」一句中的「受」，也是「被」的意思，這句話可譯作「我不能拿整個吳國的土地，十多萬軍隊，來受別人管制」。「受」、「於」連用，更突出被動的意味。

「為」字式

「為」是常見的多用詞，既可以表示判斷，又可作被動的標誌。下面兩個例子中，「為」並非作「是」解，而是「被」的意思：

例 身客死於秦，為天下笑。（《史記‧屈原賈生列傳》）

譯（楚懷王）自己客死在秦國，被天下人所恥笑。

例 吳廣素愛人，士卒多為用者。（《史記‧陳涉世家》）

譯 吳廣向來待人很好，有很多士兵都願意受他調遣。

有時候，「為」與「所」並用。舉著名的「鴻門宴」為例。宴會上有一段插曲：范增叫來項莊，着他入內敬酒，並請求舞劍助興，趁機擊殺劉邦於席上。范增如是説：

不者，若屬皆且為所虜！

句中的「不者」，意思是「不這樣殺了劉邦」，「若屬皆且為所虜」可譯作「你們將來都要被他所俘虜」。成語「項莊舞劍，意在沛公（劉邦）」，便源自這歷史故事，比喻有些人表面裝作若無其事，實則企圖借機害人。

有時候，「為」和「所」拆開，寫作「為……所……」，例如「為秦人積威之所劫」（〈六國論〉），翻譯成白話文，便是「被秦國積久的威勢所劫持」。「為」與「所」並用，有較強的被動意味，所以在漢以後得到廣泛使用，甚至沿用至今。

「被」字式

戰國時，「被」字已出現，但直到漢代才逐漸被人們普遍接受。

例句	語譯
衡被魏武謫為鼓吏。（《世説新語‧言語第二》）	衡被魏武帝曹操貶做鼓吏。
同是被逼迫，君爾妾亦然。（〈孔雀東南飛〉）	同樣被逼迫，你我都是這樣。
曲罷曾教善才服，妝成每被秋娘妒。（〈琵琶行〉）	一曲完了曾使善才折服，妝扮好了又常常被秋娘忌妒。

後來，「被」字成了專用的被動詞，取代上面幾種方式。有些動詞，本身就有被動的意味，值得注意。例如「屈原放逐，乃賦《離騷》」（〈報任安書〉）中的「放逐」，便是「被放逐」的意思，翻譯時要補上「被」字，全句應譯作「屈原被放逐，才寫出《離騷》」。

文言文的固定句式

文言文某些詞經常結合在一起，形成一種固定的句式，例如「不亦……乎」，相當於「不也……嗎？」或「豈不是……嗎？」的白話文寫法。

有一天，孔夫子談及求學、交友及做人的樂趣，一連用了三次「不亦……乎？」的句式。他説：「學而時習之，不亦説乎？有朋自遠方來，不亦樂乎？人不知而不慍，不亦君子乎？」這些固定句式，看似呆板，但運用起來，往往饒富意味，直到今天，人們還是那麼喜聞樂道。唱了一晚卡拉 OK，有人説：「真是不亦樂乎！」為工作奔忙了一天，也有人説：「忙得不亦樂乎！」甚至兩口子吵架，吵得不可開交，也有人説：「吵得不亦樂乎！」一句話能有這麼多效用，大概是孔夫子當年料想不到的。

了解文言文的各種句式，有助同學提高閱讀古籍和語譯文言文的能力。

「有……者」、「……之謂也」

◎「有……者」

記敘性文章常一開頭便來一個「有……者」，以突出記敘的對象，例如〈口技〉首句寫「京中有善口技者……（京城裏有個擅長口技的人……）」，一開首便把「善口技者」推到讀者面前，緊緊抓住讀者的注意。套句當今影視的術語，這種句式兼有引起讀者「懸念」的作用。

◎「……之謂也」

文言文又常常在一個句子的末尾，來一個「……之謂也」。「謂」有「説」、「叫做」的意思，所以這個格式一般可譯作：「説的就是……啊！」或「這樣就叫做……啊！」例如：「《詩》云：『他人有心，予忖度之。』夫子之謂也。」翻譯過來便是：「《詩經》上説：『別人心裏有甚麼想法，我可以揣度得到。』這説的正是先生啊！」

「以為」

有時，「以」和「為」連在一起，不是一個詞，而是兩個詞。因為「以」是介詞，「為」是動詞。這兩個詞結合起來，形成「……以為……」或「以……為……」的固定句式，相當於「用……做……」或「把……當作……」。

下面兩句中的「以……為」，不作「認為」的意思，而是作「用……做……」或「把……當作……」：

例 至丹以荊卿為計，始速禍焉。（〈六國論〉）

譯 到了燕太子丹，用派遣荊軻行刺秦王作為對付秦國的策略，這才招來了禍患。

例 醫之好治不病以為功。（《韓非子•喻老》）

譯 （有些）醫生喜歡治療沒有病的「病人」，並把「治好」作為自己的功勞。

當然，有時「以為」是作「認為」的意思的：

例 以為妙絕。（〈口技〉）

譯 （賓客）認為口技奇妙極了。

上例中的「以為」是雙音合成詞，與白話文一樣，屬一般動詞，不是這裏所說的古漢語的固定句式，同學要留心辨別。

「有所」、「無所」、「何所」

◎「有所」、「無所」

上文說過，「所」是一個指代詞，和「有」結合，便相當於「有甚麼……」。

例 荊軻有所待，欲與俱。（《史記•刺客列傳》）

譯 荊軻有等待的人，想要同他一起前往秦國。

和「無」結合，便相當於「沒有甚麼……」，看看下面一句：

例 今入關，財物無所取，婦女無所幸，此其志不在小。（《史記‧項羽本紀》）

譯（沛公）現在進入關中，沒有取用任何財物，沒有寵倖任何婦女，這表明他的志向並不小。

◎「何所」

「何所」是把疑問代詞「何」，放在「所」字前，構成一種固定句式，意思是「所……者，何」，相當於「所……的，是甚麼」。

例 賣炭得錢何所營？（〈賣炭翁〉）

譯 賣炭得到的錢，用來經營甚麼呢？

「所以」、「有以」、「無以」

◎「所以」

有時候，「以」字作「因為」的意思。因此，「所以」相當於「……的原因」或「……的緣故」。

例 親小人，遠賢臣，此後漢所以傾頹也。（〈出師表〉）

譯 親近小人，疏遠賢臣，這是後漢衰敗的原因啊！

例 強秦之所以不敢加兵於趙者，徒以吾兩人在也。（〈廉頗藺相如列傳〉）

譯 強暴的秦國不敢侵犯我國的緣故，只是因為有我們兩人在啊！

「以」有時可當「用」或「拿」的意思，因此，「所以」又有表示憑藉的意味，相當於「用……的」。

例 此臣所以報先帝，而忠陛下之職分也。（〈出師表〉）

譯 這就是我用來報答先帝，向陛下竭盡忠心的職責啊！

◎「有以」

「有以」和「無以」，是「有所以」和「無所以」的縮寫，實際上是「所以」的另一種用法。「有以」相當於「有可以用來……的」。

例 吾終當**有以**活汝。(〈中山狼傳〉)

譯 我終究會有辦法用來救活你的。

◎「無以」

「無以」則相當於「沒有可以用來……的」。

例 故不積跬步，**無以**致千里。(《荀子‧勸學》)

譯 不半步一步地積累，就沒有辦法到達千里之遠。

「無乃」、「得無」

◎「無乃」

「無乃……乎？」有表示推測或商榷的意味，有時又寫作「毋乃」。「無乃」原意「不是」，但一般不譯作「不是……嗎」，而要譯作「恐怕……吧」或「會不會……呢」。

例 今君王既棲於會稽之上，然後乃求謀臣，**無乃**後乎？(《國語‧越語上》)

譯 現在大王已經戰敗而退守在會稽山上，這時才想到尋求謀臣，只怕是晚了吧？

◎「得無」

「得無」是「該不會是……」的意思。「得無」有時寫作「得毋」、「得微」、「得非」，常與「乎」或「耶」(邪)呼應，構成「得無……乎」的格式，相當於「莫非……吧」、「恐怕是……吧」。

例 覽物之情，**得無**異乎？(〈岳陽樓記〉)

譯 (他們)觀賞自然界而觸發的感情，恐怕各有不同吧？

「何以……為」、「何為」

◎「何以……為」

「何以」等於「以何」，「為」是語氣詞。「何以……為」這種句式，相當於「怎麼用得着……呢」。

例 君子質而已矣，何以文為？（《論語 • 顏淵》）

譯 君子只要品質好就行了，何必要甚麼文采呢？

「何」，有時可以用「奚」、「惡」代替，寫作「……奚以為」。

例 誦《詩》三百，授之以政，不達；使出四方，不能專對；雖多，亦奚以為？（《論語 • 子路》）

譯 熟讀了《詩經》三百篇，把治理國家的事交給他，卻不能辦好；派他出使外國，卻不能獨立自主地應對，這樣，雖然書讀得多，又有甚麼用呢？

◎「何為」

去掉「以」，可寫作「何……為」，相當於「要……做甚麼呢」。

例 天之亡我，我何渡為？（《史記 • 項羽本紀》）

譯 上天要亡我，我還要渡江做甚麼？

有時，又合起來寫作「何為」，等於「為何」，相當於白話文中的「為甚麼」。

例 上不欲就天下乎？何為斬壯士！（《史記 • 淮陰侯列傳》）

譯 漢王劉邦不是想要取得天下嗎？為甚麼要殺掉我（韓信）這樣的壯士！

「何……之有」、「何有」

◎「何……之有」

「何……之有」，是「有何」的倒裝，相當於「有甚麼……呢」。

例 孔子云：「何陋之有？」（〈陋室銘〉）

譯 孔子說道：「這有甚麼簡陋呢？」

◎「何有」

「何有」等於「有」，相當「對於……來說，有甚麼呢」。

例 子曰：「默而識之，學而不厭，誨人不倦，**何有**於我哉？」（《論語·述而》）

譯 孔子說：「默默地記住學到的知識，努力學習而不滿足，教誨別人而不厭倦，這些對於我來說又有甚麼困難呢？」

「如何」、「若何」、「奈何」

「如」、「若」、「奈」，意思差不多，有「處置」、「對付」之意。它們和代詞「何」結合，組成固定句式，相當於「為甚麼」、「怎麼樣」或「怎麼辦」。

◎「如何」、「若何」

「如何」可寫作「何如」，「若何」也可寫作「何若」。只是寫法不同，用法卻一樣。

例 以子之矛，陷子之盾，**何如**？（《古寓言三則》）

譯 用你的矛來刺你的盾，那將會怎樣？

例 此為**何若**人？（《墨子·公輸》）

譯 這是甚麼樣的人？

◎「奈何」

例 民不畏死，**奈何**以死懼之？（《道德經》）

譯 老百姓是不怕死的，為甚麼要用死來使他們懼怕呢？

例 取吾璧，不予我城，**奈何**？（〈廉頗藺相如列傳〉）

譯 取了我的璧，卻不給我城池，怎麼辦？

「如何」、「若何」、「奈何」中間還可插進「之」字，組成「如之何」、「若之何」、「奈之何」等格式。這時候，同學要注意這個「之」字作甚麼用。如果作為代詞，便要譯為「把它怎麼樣」。

例 大刻於民者，無如之何。（《封建論》）

譯 那些對待老百姓極端苛刻的人，朝廷上也不能把他們怎麼樣。

上句中的「之」，代替「大刻於民者」。如果「之」是個助詞，只有舒緩音節的作用，那就譯不出實在的意思了。

例 仍舊貫，如之何？（《論語・先進》）

譯 照老樣子去做，怎麼樣？

練習十三

細閱下列句子，判斷句中加點部分的白話語譯是否正確，在代表答案的方格內加 ✓。

1. 取吾璧，不予我城，奈何？（〈廉頗藺相如列傳〉）
   - ☐ A. 怎麼辦？
   - ☐ B. 有甚麼辦法？

2. 吾射不亦精乎？（〈賣油翁〉）
   - ☐ A. 難道不是很高超嗎？
   - ☐ B. 不也是很高超的嗎？

3. 暮婚晨告別，無乃太匆忙？（〈新婚別〉）
   - ☐ A. 不是太匆忙了嗎？
   - ☐ B. 恐怕太匆忙了吧？

4. 臣無祖母，無以至今日。（〈陳情表〉）
   - ☐ A. 就沒有我的今日。
   - ☐ B. 就沒有辦法活到今天。

5. 日食飲得無衰乎？（《戰國策・趙策》）
   - ☐ A. 該不會減少吧？
   - ☐ B. 莫非減少了嗎？

6. 虎見之，龐然大物也，以為神。（〈黔之驢〉）
   - ☐ A. 把牠當作神怪。
   - ☐ B. 認為牠是神怪。

十四 也講究排座次——句子內部結構

句子由詞語組合而成。一句之間，某個詞語充當甚麼角色，坐哪個位置，先後次序如何，這無論是文言文，抑或白話文，都十分講究，真有點像梁山泊排座次似的。

句子內部結構古今有別

舉一個白話例子説明：

我吃飯

在「我吃飯」這個句子中，「我」是主語，放在句子前面；「吃」是謂語，放在句子後面。「吃」又是個動詞，帶賓語「飯」，組成動賓結構。按先後排列的習慣，動詞要在前，賓語要在後。詞語這種先後排列的次序，是相當嚴格的，一般不能隨意顛倒。萬一顛倒了，便會亂了套，把「我吃飯」説成「飯吃我」，那就不像話了。

但在文言文中，有時會有例外。在一定條件下，某些詞語的次序是容許「顛倒」的。

在《史記•留侯世家》裏，就有一個「履我（「給我穿上鞋子」）」的句子，跟「飯吃我」差不多，但還不完全等於「飯吃我」，因為「履我」只是一般名詞活用為動詞的例子，「飯吃我」卻是主賓顛倒了。如果要突出這個「飯」，把它放到句子前面來，不是不可以，只要調整一下詞序，並把它改作被動句便行，例如寫作「飯（讓）我吃（了）」。

經典小故事

撿鞋而得江山

據説，張良少年時到下邳橋散步，一位老人走到他身旁，故意把鞋子掉到橋下去，然後對他説：「小孩子，下去拾鞋。」張良一愣，想揍他一頓，見是老人，只得忍耐，把鞋撿上來。不料老人伸出腳來説：「履我（給我穿上）！」張良本有點不樂意，但想到鞋既已撿了，也不在乎再給他穿上，於是跪下給他穿上了。老人這才笑着離開。老人走了一里路左右，忽又折回來説：「這孩子交得下啊！」於是約張良五天後黎明時在橋上見面。第五天天剛亮，張良如期赴約，可老人已先到，生氣地説：「跟老人約會，卻在老人之後才到，為甚麼？」老人吩咐他五天後半夜再來。第五天雞剛叫，張良前去赴約。不料老人又先到，更生氣地説：「又後到了，為甚麼？」要張良五天後還是半夜來。到第五天，張良不到半夜就到了。一會兒，老人也來了，高興地説：「應當這樣啊！」交給張良一本書，説：「讀了這本書，便可當皇帝的老師。十年後你會立功揚名。十三年後，你將在濟水北見到我。谷城山下有塊黃石頭，那就是我。」説罷揚長而去。第二天，張良打開書，原來是《太公兵法》。張良後來輔佐劉邦消滅項羽，建立西漢皇朝，傳説靠的就是這本書。

一句之間，除了詞語的先後次序古今有別外，其他如詞語的省略習慣、句頭詞和句尾詞的安排，古今也有一些不同之處，下面分別介紹。

文言文詞序的顛倒

主謂顛倒是正常習慣

詞序的顛倒，或叫倒裝，例如「甚矣，汝之不惠」（〈愚公移山〉）一句，「汝之不惠」是主語，「甚」是謂語。為了強調「不惠」的嚴重程度，所以把「甚」提到前面，造成主謂顛倒。這在白話文中是少見的（急起來時，有説：「叫甚麼？你！」與此相類），但在文言文裏卻是一種正常習慣。

四種常見的動賓顛倒

文言文最常見的詞序顛倒，要數動賓顛倒，也就是「賓語前置」。把賓語提到前面去，不能要提就提，要換就換，要有一定的條件。

◎疑問句中的動賓顛倒

在表示疑問的句子中，如果是疑問代詞做賓語，一般提到動詞前面去，但只限於「何」、「誰」、「孰」、「奚」、「安」這幾個疑問代詞。

例句	語譯
客何為者？（《史記‧項羽本紀》）	來人是做甚麼的？
吾誰欺？（《論語‧子罕》）	我欺騙誰？
子將奚先？（《論語‧子路》）	你打算先做些甚麼呢？
沛公安在？（《史記‧項羽本紀》）	沛公在哪裏？

疑問代詞做賓語，也不是都非要提到動詞前面去不可，例如《漢書》中有「諸將云何（那些將領說甚麼）？」一句，「何」便沒有提前。

◎否定句中的動賓顛倒

在表示否定的句子中，如果是代詞作賓語，一般也提到動詞前面，但只限帶有「不」、「未」、「毋」（無）、「莫」這幾個詞的句子。

例句	語譯
不患人之不己知，患不知人也。（《論語‧學而》）	不要愁別人不了解自己，愁的是自己不了解別人。
民不足而可治者，自古及今，未之嘗聞。（〈論積貯疏〉）	民用不足卻可以治理好國家，自古到今，不曾聽說過有這樣的事。
毋吾以也。（《論語‧先進》）	沒有人任用我了。（「以」作「用」的意思。）
三歲貫女，莫我肯顧。（《詩經‧魏風‧碩鼠》）	多年來供養你們，卻沒有誰肯顧念我。（「我」是「顧」的賓語，按習慣也提到前面去。）

◎加插「之」、「是」的動賓顛倒

將「之」或「是」插在動詞和賓語之間，也可把賓語提到前面去。看看下面兩個例子：

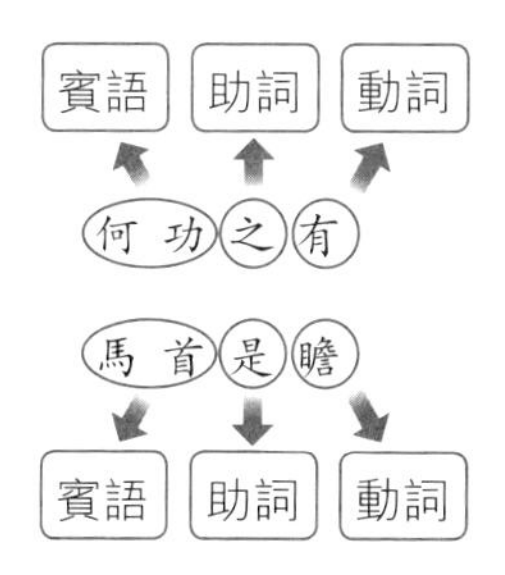

「何功」是「有」的賓語，「馬首」是「瞻」的賓語，它們借助「之」和「是」的幫助，都提到動詞前面去了。「之」和「是」在這裏是助詞，只有結構上的作用，沒有甚麼意義。「何功之有」就是「有甚麼功」，「馬首是瞻」就是「看馬頭（所向）」。

「之」和「是」之前，往往又加一個「唯」字，組成「唯……之……」、「唯……是……」的句式。

例 父母唯其疾之憂。（《論語・為政》）

譯（做兒女的）要特別注意父母的健康啊。

解 句中的「其」是複指「父母」的代詞，「憂」的是「父母」的「疾（病）」。

例 唯才是舉，吾得而用之。（〈求賢令〉）

譯 只要是有才能的人，就一定要推舉上來，我要得到這些人，重用這些人。

解 為了突出「才」的重要，便借助「是」，把它提到前去了；「唯」還有「只是這樣」的意味。

一些成語，例如「唯命是從（只聽從吩咐）」、「唯你是問（專追究你的責任）」、「唯利是圖（只圖利）」等，便是沿用這種格式。賓語有一種強烈的單一性和排他性。

◎疑問代詞的動賓顛倒

介詞所帶的賓語，如果是疑問代詞，一般也要提到前面去。例如「何以戰」這句，「何」是「以」的賓語，「何以」就是「以何」，翻譯過來便是「靠甚麼打這一仗」。

又「吾誰與歸」這個句子裏，「誰」是「與」的賓語，「誰與」就是「與誰」，翻譯成白話便是「我和誰在一起呢」。有時，不是疑問代詞也可提前，例如「夜以繼日（用晚上的時間，繼續白天。）」、「一言以蔽之（用一句話概括它）」。

在白話文中，介詞結構大都要放在動詞前面，但在文言文中，既有放在前面的，也有放在後面的，例如「三顧臣於草廬之中，咨臣以當世之事」（〈出師表〉），其中「於草廬之中」和「以當世之事」兩個介詞結構，都放在動詞後面，翻譯時要按白話文的習慣，分別放在動詞「顧」和「咨」的前面，寫作「三次到草屋裏來訪問我，就當時的大事徵求我的意見」。

定語也有顛倒時

定語也有後置的習慣，值得注意。定語是指修飾、限制中心詞的詞語。

例 嚴大國之威以修敬也。（〈廉頗藺相如列傳〉）

譯 這是為了尊重你們大國的威望而表示敬意啊！

解「威」是中心詞，「大國」是限制性的定語。定語在前，中心詞在後，這本來是文言文和白話文一致的地方。

但在文言文裏，有時為了強調中心詞或加強語勢，往往調整詞序，把定語放在後面，這種例子不少。

例 求人可使報秦者，未得。（〈廉頗藺相如列傳〉）

譯 尋求一個可以出使秦國、答覆秦國的人，沒有找到。

解「可使報秦」是「人」的定語，這句話要按白話文的詞序，把定語調到中心詞的前面來。

例 遂率子孫荷擔者三夫。（〈愚公移山〉）

譯 於是，率領能挑擔子的三個子孫。

解「荷擔」是「子孫」的定語，這句也要把定語調到前面來。

以上兩個例句中的「者」都是助詞，放在定語後，用來煞尾，可看作是定語後置的標誌。定語有時很長，但有了這個標誌便不難識別了。

例 凡富貴之子，慷慨得志之徒，其疾病而死，死而湮沒不足道者，亦已眾矣。（〈五人墓碑記〉）

譯 那些患病而死，死後默默無聞，不值得稱道的富貴人家子弟和志得意滿的人，也已很多了。

解 這個句子的定語很長，但由於有個「者」字作標誌，一眼便可看出來，「子」和「徒」是中心詞，「其……者」都是「子」和「徒」的定語。

詞序的顛倒，自然會對閱讀和翻譯帶來一些困難，但困難不是不可克服的，因為文言詞序的顛倒是有規律可尋的。只要熟悉並掌握這些規律，按白話文詞序的習慣，來一個顛倒的顛倒，把顛倒了的再顛倒過來，也就行了。

文言文成分的省略

文言文難讀，讀懂更難，其中一個重要原因，恐怕在於其省略習慣。為了令句子簡潔有力，無論文言或白話，省略句子的某些成分，都是容許的，只不過文言的省略有時頗「出格」。

春秋時，宋國發生過一件奇聞。有個姓丁的人家，挖井挖出一個活生生的人來。這件事輾轉相傳，連國君也知道了，便派人去查問。原來，丁家沒有井，每天要派一個人外出汲水。後來打了井，便高興地對人說：「吾穿井得一人。」所謂「得一人」，即「得一人之使」。換句話說，這口井等於省了一個勞動力。後來以訛傳訛，把「得一人」誤傳為「得一人於井」，結果鬧得滿城風雨。

「得一人」這句子，只不過省略了「使」這一個成分。有時兩個、三個，甚至好幾個成分一起省略的現象，在文言文中也是有的。這種省略並非無條件，而是遵循一定的結構規律。

主語的承前、蒙後和不規則省略

主語的省略，一般要遵守「承前省略」或「蒙後省略」的習慣。

◎承前省略

所謂「承前」，是指只有在上句已出現過的成分，才能在下句省略。

例句	語譯	解說
孺子！下，取履！（《史記‧留侯世家》）	小孩子，你下去，你給我把鞋子撿上來！	「下」和「取履」都省略了主語「你」。「你」指「孺子」，在上一句已出現，所以第二、三句即便承前省略了，也不會造成語意含混不明。
先帝知臣謹慎，故臨崩寄臣以大事也。受命以來，夙夜憂歎，恐託付不效，以傷先帝之明。（〈出師表〉）	先帝知道我辦事謹慎，所以（先帝）在臨死時把復興漢室的大事委託給我。（我）自從接受重託以來，（我）日夜擔憂考慮，（我）恐怕不能把委託給我的復興國家的大事辦好，以致有損先帝知人善任的明智。	第二句主語是承前句主語「先帝」而省略，「受命」以下三句的主語，是承接前句賓語「臣」而省略。

◎蒙後省略

所謂「蒙後」，是指主語在後一句出現，上一句的主語便可蒙後省略。

例 （　　）度我至軍中，公乃入。（《史記‧項羽本紀》）

譯 你估計我到了軍營時，你才好進去。

◎不規則省略

同學特別要注意的，是主語的不規則省略。

例句	語譯	解說
見漁人，乃大驚，問所從來。具答之。便要還家。(〈桃花源記〉)	(村裏人)看見漁人，(村裏人)非常驚訝，(村裏人)問漁人從哪裏來。(漁人)一一回答了他們。(村裏人)邀請他到家裏作客。	前三句的主語是「村裏人」，第四句的主語顯然變了；按上文，主語應是「漁人」。第五句「要(同「邀」)」，主語卻又是「村裏人」了。這段話要補出省略的主語。
楚人為食，吳人及之，奔，食而從之。(《左傳•定公四年》)	楚國軍隊做好了飯，吳國軍隊便趕上了他們。(楚軍)急忙逃跑了，(吳軍)吃了楚軍做好的飯，又去追趕他們。	第三句「奔」的主語是「吳」還是「楚」呢？第四句又誰「食」誰「從」？都是頗費思考的。對於這種主語交錯變換的句子，同學要十分留神，大意不得。一大意便會糾纏一團，理不出個頭緒來。

謂語的承前和蒙後省略

謂語的省略，也有「承前省略」和「蒙後省略」的習慣。

例句	語譯	解說
一鼓作氣，再而衰，三而竭。(〈曹劌論戰〉)	第一次擊鼓，士氣旺盛；第二次(擊鼓)，士氣已衰退；第三次(擊鼓)，士氣便泄盡了。	「鼓」本是名詞，這裏是活用作動詞，有「擊鼓」的意思。它在句中雖然充當謂語，但只在第一句出現過，第二、三句便承前省略了。
躬自厚，而薄責於人，則遠怨矣。(《論語•衛靈公》)	(對待)自己要嚴，對待別人要寬，那麼(別人)就不會怨恨你了。	「自」指「自己」，自己怎麼樣？這裏沒有說，因為下句有「責」做謂語，所以蒙後省略了。

賓語的承前省略

賓語有時也可以承前省略。

例句	語譯	解說
夫大國，難測也，懼有伏焉。(〈曹劌論戰〉)	(我)擔心(它)在哪裏會有埋伏。	「懼」的賓語是「它」，指「大國」，已在上句出現，所以承前省略了。
黔無驢，有好事者船載以入。(〈黔之驢〉)	貴州沒有驢子，有個多事的人用船裝了(驢子)運到(貴州)。	「載」的是甚麼？「入」又到哪裏？句子略而不說，因為賓語已在上句出現過，表明「載」的是「驢」，「入」的是「黔(貴州)」。

介詞所帶的賓語，往往也被省略。不過，這個賓語常常是一個「之」字。例如「衣食所安，必以分人」(〈曹劌論戰〉)，「以」這個介詞，後面略去賓語「之」。「以分人」就是「以(之)分人」，全句譯成白話為「吃的和穿的，必定分給別人」。又例如「為具牛酒飯食」(《史記•滑稽列傳》)，等於「為(之)具牛酒飯食」，這一句也是省略了賓語「之」，全句可譯為「替她準備了牛肉、美酒和飯食」。

介詞和介詞結構的省略

介詞也常有被略去的情況。被略去的介詞，一般是「以」和「於」。

◎「以」

例句	語譯	解說
試之雞。(《聊齋志異》)	用雞來試。	本應為「試之(以)雞」，省略了介詞「以」。
死馬且買之五百金，況生馬乎？(《戰國策•燕策》)	死馬尚且要用五百金去買它，何況是生馬呢？	略去了「以」這個介詞。「買之五百金」等於「買之(以)五百金」。

◎「於」

「於」如果組成介詞結構，又放在動詞後面，一般也會略去。

例句	語譯	解説
趙王於是遂遣相如奉璧西入秦。（〈廉頗藺相如列傳〉）	趙王於是派藺相如帶着和氏璧向西出發，到秦國去。	「西入秦」等於「西入（於）秦」，「於」被省略了。
相如徒以口舌為勞，而位居我上。（〈廉頗藺相如列傳〉）	藺相如只憑着言詞立下功勞，如今職位卻比我高。	「位居我上」等於「位居（於）我上」。

中心詞及其他成分的省略

中心詞及其他成分也有被省略的現象。例如，「為肥甘不足於口歟」，便省略中心詞。「肥甘」是形容詞，它所修飾的中心詞「食物」被略去了。所以，這句話要譯為：「因為肥美香甜的食物不夠吃嗎？」其他較為少見的，就不在此介紹了。

省略了的成分，翻譯時要不要補上？這要結合上下文，根據句子的具體情況決定。一般來説，該補的就補，以免句子結構殘缺。

文言文的句頭詞、句中詞和句尾詞

有一類詞，沒有實在意義，可説是十足的虛詞。它們有的放在句子前面，有的放在句子中間，也有的放在句子末尾。它們既不充當句子成分，又不表示各成分之間的關係。但句子又常常不能沒有它們，因為它們有個好處，就是可幫助句子表示各種語氣。這類詞一般叫語氣助詞。

放在句子末尾的語助詞，古今都有。但放在句首和句中的，便只有文言文才有了。下面按它們各自的位置，分別作些説明，重點則在句末的語助詞。

句頭的語氣助詞

「夫」、「蓋」、「惟（唯）」、「今」，還有「厥」、「曰」、「言」、「云」，都是句首語助詞，但最常見的是「夫」和「蓋」。

◎「夫」

「夫」放在句的開頭，表示要發議論，所以又叫做發語詞。它有「大家知道」、「我們須知」的意味。例如「夫六國與秦皆諸侯，其勢弱於秦，而猶有可以不賂而勝之之勢」（〈六國論〉）。試看下面來自《史記》的句子：

夫解雜亂紛糾者不控捲，救鬥者不搏撠。

這是戰國時代，中國著名兵法家孫臏（不是孫武）對兵法上要避實就虛的道理的解釋。意思是「整理亂絲只能輕輕地擇（分揀）開，不能攥在手裏強拉硬扯；勸解鬥毆的人，只能善言分解，不能插手幫打」。這是一種比喻説理的手法，道理具體而形象，句首再來一個「夫」，更加表示出強烈的肯定語氣，有使人感到不可抗拒的語勢。孫臏這句話，現在成了人們處理事情的格言，頗富哲理意味。

「夫」很靈活，既可在句首，又可在句中和句尾。

例 好逸惡勞，亦猶夫人之情也。（〈原君〉）

譯 喜歡安逸，厭惡勞動，也像是一般人的常情啊！

解 句中「夫」、「人」是兩個詞，不可誤作「夫人」之「情」。

以下例句中的「夫」用於句末：

例 聞之：一人飛升，仙及雞犬，信夫！（《聊齋志異》）

譯 聽説一人得道成仙，連雞狗都可以上天，這話真是一點不假啊！

解 句末的「夫」沒有實際意義，只為表達強烈的語氣。

「夫」又能和其他詞結合成「若夫」、「且夫」、「故夫」、「今夫」等固定詞組，用在一句之首或一段文章之首，引出下文的議論，並加強推測或論斷的語氣。

例如傳世名篇〈岳陽樓記〉中的「若夫霪雨霏霏，連月不開……登斯樓也，則有去國懷鄉，憂讒畏譏，滿目蕭然，感極而悲者矣」。

◎「蓋」

「蓋」本來是副詞，有「大概（是）」的意思，用作句首助詞，仍帶有「大概」的意味。看看下面兩個例子：

例句	語譯
蓋儒者所爭，尤在於名實。（〈答司馬諫議書〉）	大概讀書人爭論的問題，特別在於名義和實際是否相符。
蓋將自其變者而觀之，則天地曾不能以一瞬；自其不變者而觀之，則物與我皆無盡也。（〈前赤壁賦〉）	若是從變化的一面來看，那麼，世界上的萬事萬物，簡直不可能保持一瞬間的不變；若是從不變的一面來看，那麼，一切事物和人類自身，都是永遠存在的。

「蓋」是一個多用詞，有時又當連詞用，有「因為」之意，已在上文討論過了。「蓋」又容易與「盍」混淆。「盍」是個兼詞，等於「何」加「不」，即「何不」，表示反問。

◎「惟」

「惟」有時寫作「維」或「唯」，也是常見的句首語助詞，例如「惟大王與群臣孰計議之」（〈廉頗藺相如列傳〉）。這個「惟」，表示一種希望的語氣，要譯作「（希望）大王和大臣們仔細地商量這件事吧」。

句中的語氣助詞

「之」、「乎」、「者」、「也」，都能放在句中可以間歇的地方，用來舒緩語氣，調整音節。「其」、「以」、「或」、「是」，亦可充當這類語助詞，但最常見的，要算「者」和「乎」。

◎「者」

作為語助詞，常用在主語或分句之後，表示後文將有所解釋。

例句	語譯	解說
北山愚公者，年且九十，面山而居。(〈愚公移山〉)	北山有個叫愚公的人，年紀將近九十歲了，面對着山居住。	解釋人物的背景。
強秦之所以不敢加兵於趙者，徒以吾兩人在也。(〈廉頗藺相如列傳〉)	強大的秦國之所以不敢發兵攻打趙國，只是因為有我們兩人在。	解釋原因。
卿能辦之者誠決。(《資治通鑑》)	你能對付得了曹操，當然就同他決戰。	「者」只有停頓和舒緩語氣的作用。

「者」又可以放在句末，相當於「似的」。

例句	語譯
言之，貌若甚戚者。(〈捕蛇者說〉)	(蔣氏)說這些話，樣子像是很悲傷似的。
然往來視之，覺無異能者。(〈黔之驢〉)	但是反復地觀察牠，覺得牠像是沒有甚麼特殊本領似的。
誰為大王為此計者？(《史記•項羽本紀》)	誰給大王出的這個計策？

上表最後一個例句中的「者」與「誰」呼應，表示一種疑問語氣。而以上三個例子中的「者」，今天都沒有相應的詞可以對譯，略過就是了。「者」還有其他作用，例如組成「者字結構」等，上文已作介紹。

◎「乎」

「乎」用在句中，一般表示停頓，以舒緩語氣。

例 然後知吾嚮之未始遊，遊於是乎始。(〈始得西山宴遊記〉)

譯 然後才知道我以前沒有遊覽過這裏，遊覽就從這裏開始了。

例 知不可乎驟得，託遺響於悲風。(〈前赤壁賦〉)

譯 我知道這是不可能得到的，所以只得借簫聲來表達我的悲涼的感情。

「乎」也有表示歎息語氣的作用，看看下面的例子：

例 時乎時，不再來！（《史記•淮陰侯列傳》）

譯 時機呀時機，（錯過了）就不再回來了。

◎「其」

「其」也是常見的句中語助詞，既可用在句首，又可用在句中。

例 其始，太醫以王命聚之，歲賦其二。（〈捕蛇者說〉）

譯 起初，太醫憑着皇帝的命令徵收這種蛇，每年徵收兩次。

解 兩個「其」都沒有甚麼意義。

例 微管仲，吾其被髮左衽矣。（《論語•憲問》）

譯 如果沒有管仲，我們恐怕還要披頭散髮、左邊開襟地過着窮困的日子呢。

解 句中的「其」，有「恐怕」、「大概」的意思，表示一種推測語氣。

句尾表陳述的語氣助詞

用在句末的語助詞，可按表示語氣的性質分為兩類：一類表示陳述性，另一類表示疑問性。前者最常見的有「也」、「矣」、「已」、「耳」、「焉」等詞。

◎「也」

「也」是文言文中使用最多的語助詞，主要用在判斷、解釋之類的句子末尾，表示所說的意思是確定的。

例如「道之所存，師之所存也」（〈師說〉），這句話等於「道之所在，就是師之所在」，意思是「誰有『道』，誰就是我的老師」，句裏的「也」，表示肯定的語氣。又例如「子子孫孫無窮匱也」（〈愚公移山〉），意思是「子子孫孫是沒有窮盡的」，句裏的「也」，表示否定語氣。這類判斷句，「也」字都不用翻譯，但要加「是」或「不是」，以表示肯定或否定。

「也」用在句末，有時為說明原因，例如「小惠未徧，民弗從也」（〈曹劌論戰〉），意思是「小的恩惠不能普遍讓百姓得到，百姓不會聽從啊」。又「並力西嚮，則吾恐秦人食之不得下咽也」（〈六國論〉），這裏的「也」不是表示原因，而是解釋情況，並對情況加以肯定，要譯作「呢」：「大家合力對付西邊的敵人，那麼，我想秦國（即使要吞併六國）吃了也咽不下去呢！」

「也」這個詞，也有用在句中的，例如「操蛇之神聞之，懼其不已也，告之於帝」（〈愚公移山〉），翻譯過來是「操蛇之神聽到這件事，恐怕他們不停下來，便把這事報告天帝」。這個「也」，有提頓和引起下一分句的作用，並表示一種舒緩的語氣。

◎「矣」

「矣」用在句末，相當於今天的「了」，表示各種語氣。例如「舟已行矣（船開走了）」、「雞既鳴矣（雞已叫了）」，這兩句是說事情已經完結或過去，表示一種「已然」的語氣。「臣頭今與璧俱碎於柱矣」（〈廉頗藺相如列傳〉），說的則是事情將要發生，「矣」表示一種「將然」的語氣，並帶有肯定的意味，和「也」的作用有點相似。

◎「已」

「已」和「矣」有點相似。「已」本是動詞，有「停止」、「完畢」的意思。用作句末語氣詞，仍然表示一種限止的語氣。例如：「嗚呼！士之處此世，而望名譽之光，道德之行，難已！」（〈原毀〉），句末的「已」，也是「了」，這句話要譯為：「唉！讀書人處在當今（指唐朝）世上，要希望名譽光大，道德暢行，實在太難了！」

「已」和「矣」又可連用，例如：「存者且偷生，死者長已矣！」（〈石壕吏〉），這裏的「已」有「早已」的意思，這兩句詩要譯作：「活着的人苟且活着，死去的人早已完結了！」

◎「耳」

「耳」和「矣」一樣，可表現限止的語氣，有「僅只」、「不過」的意味。例如「從此道至吾軍，不過二十里耳」（《史記‧項羽本紀》），這裏的「耳」相當於「罷了」，這句話要譯作「從這條路到我們軍營，不過二十里罷了」。

表限止語氣的，還有一個「爾」字。但「爾」如果用在判斷句末尾，卻不能譯作「罷了」，例如「非死則徙爾」(〈捕蛇者說〉)，要譯作「不是死了，就是遷走了」。

◎「焉」

「焉」作語助詞，用於句末，相當於「了」或「呢」。

例 寒暑易節，始一反焉。(〈愚公移山〉)

譯 冬天過了，夏天來了，他們才能往返一次呢。

例 雖雞狗不得寧焉。(〈捕蛇者說〉)

譯 即使雞狗也不得安寧啊。

以上兩個「焉」都表示一種肯定的語氣。

句尾表疑問的語氣助詞

表疑問性質的語助詞，常見的有「乎」、「與(歟)」、「耶(邪)」、「哉」等。

◎「乎」

用於句末，語氣最強，用得也最為普遍。這個詞主要表示疑問語氣，常可譯為「嗎」、「呢」，或「麼」、「吧」。

例 汝亦知射乎？吾射不亦精乎？(〈賣油翁〉)

譯 你也懂得射箭嗎？我的箭術不是很高超嗎？

解 這裏的「乎」要譯作「嗎」。

例 孰謂汝多知乎？(〈兩小兒辯日〉)

譯 誰說你知識豐富呢？

解 這裏的「乎」則要譯作「呢」。

有時表示反問。

例 王侯將相寧有種乎？（《史記‧陳涉世家》）

譯 王侯將相難道天生就比別人高貴麼？

解 這個「乎」，要譯作「麼」。

有時表示推測。

例 聖人之所以為聖，愚人之所以為愚，其皆出於此乎？（〈師說〉）

譯 聖人之所以成為聖人，愚人之所以成為愚人，大概都是出於這個原因吧？

解 這裏的「乎」，要譯為「吧」。

◎「與」

「與」原是連詞，後來寫作「歟」，作為句末語氣助詞，也表示各種疑問語氣，但語氣不及「乎」那麼強，常可譯為「呢」、「嗎」。

例 是誰之過與？（《論語‧季氏》）

譯 這是誰的過錯呢？

例 子非三閭大夫歟？（《史記‧屈原賈生列傳》）

譯 你不是三閭大夫嗎？

◎「耶」

「耶」又寫作「邪」。先秦時代，「耶」等於「與」，讀音相近，用法一樣，翻譯時都可譯作「嗎」或「呢」。例如〈廉頗藺相如列傳〉中的「六國互喪，率賂秦耶（六國相繼滅亡，全是由於賄賂秦國嗎）？」，以及「趙王豈以一璧之故欺秦邪（趙王怎會因為一塊寶玉而得罪秦國呢）？」。

◎「哉」

「哉」用於句末，往往表示反問，可譯作「嗎」或「呢」。

例 豈人主之子孫則必不善哉？（《戰國策‧趙策》）

譯 難道國君的子孫就一定都不好嗎？（由於「哉」是個感歎詞，這裏的「哉」仍帶有歎息的意味。）

例 燕雀安知鴻鵠之志哉？（《史記・陳涉世家》）

譯 燕子和麻雀怎麼懂得大雁和天鵝的淩雲壯志呢？

語助詞又可以兩三個連在一起使用。

例 群居終日，言不及義，好行小慧，難矣哉！（《論語・衛靈公》）

譯 大家整天在一起，談話從不涉及道義，只是喜歡賣弄小聰明，這種人很難有所作為了！

解「矣」，相當於「了」，「哉」相當於「啊」，各有自己的語氣，但重點在後一個，即「哉」。孔夫子這番話，對「言不及義、好行小慧」，白白浪費青春的年輕人，表示了無限惋惜。

練習十四

一、下列各句中的加點詞的詞序，皆不符合白話文的語序習慣，試將之改成白話文的語序習慣，把答案寫在橫線上。

例：肉食者鄙。（《左傳》） *食肉*

1. 臣本布衣，躬耕於南陽。（〈出師表〉）

____

2. 日月逝矣，歲不我與。（《論語》）

____

3. 保民而王，莫之能禦也。（《孟子》）

____

4. 君子病無能焉，不病人之不己知也。（《論語》）

____

5. 技經肯綮之未嘗。（《莊子》）

____

二、把下列各句中省略的成分補上，寫在括號內。

例：大王見臣（於）列觀。（《史記》）

1. 客從外來，（　　　）與（　　　）坐談。（《戰國策》）
2. 吾（　　　）義固不殺人。（《墨子》）
3. 舍相如（　　　）廣成傳。（《史記》）

4. 事無大小，悉以（　　　）咨之。（〈出師表〉）

5. 秦師遂東（　　　）。（《左傳》）

6. 權起更衣，肅追（　　　）於宇下。（〈赤壁之戰〉）

7. 公曰：「小大之獄，雖不能察，（　　　）必以情（　　　）。」（　　　）對曰：「（　　　）忠之屬也。」（《左傳》）

8. 將軍身被堅執銳伐無道（　　　），誅暴秦。（《史記》）

十五 信、達、雅——語譯三境界

把文言文翻譯成現代的白話文，是一項非常重要的綜合訓練，既可幫助同學熟悉文言文的語言習慣，提高閱讀古籍的能力，也可加強語言文字修養，增強表達能力。

信達雅，信為先

和翻譯其他語種一樣，文言語譯有三個基本要求，就是：信、達、雅。

「信」，是指忠實於原文，準確理解作者本意，不能有任何歪曲。

「達」，是指譯文要通順，符合白話文的習慣。

「雅」，則更上一層樓，譯文要譯得鮮明、生動、優美。

這是語譯的三個過程，也是要求到達的三個境界。

「信」是最基本的，理解錯了，正是錯譯、誤譯、多譯、少譯、硬譯等毛病的根源，也就談不上忠於原文了。離開了「信」，文再通順，再優美，也沒有甚麼可取的了。但要到達「信」這個境界是很不容易的，因為文言文畢竟是一種古老的文字，是先秦和兩漢時代逐步形成的一種書面語言，既不同於當時的口語，也不同於唐宋以後的口語，語譯時遇到一些困難是難免的。一般來說，越古越難。

信譯例一

譬如用典，這是古代散文，尤其是詩詞最常見的現象。用典就是俗說的「拋書包」。南宋有位豪放詞人辛棄疾，他的詞最愛拋書包，有人甚至說他拋書包成癖。不了解這一點，讀他的詞往往會有誤解。他有一首寄陳同甫的〈破陣子〉詞，上闋一句説「八百里分麾下炙」，過去便有人翻譯成「八百里的範圍內，士兵從上級那裏分到切碎的肉」。其實，詩中的「八百里」是指牛，並非地方。這個典故最早出自《世説新語》，説王愷有一頭牛，名為「八百里駮」，以後有些詩，便以「八百里」代牛，蘇軾就有「要當啖公八百里，豪氣一洗儒生酸」的詩句。「炙」這個字，是指「肉放在火上面」，明明是烤肉，古代叫「炮肉」，又何來「碎肉」呢？

信譯例二

不一定用典，一些最常見的詞語，一不小心，也容易理解錯誤。唐宋八大家之一的王安石，有一次看到這樣兩句詩：「明月當空叫，黃犬卧花心。」他認為詩好是好，但總覺得有點不順眼，因為明月怎會叫，黃犬又怎能睡在花心裏呢？於是提筆改為：「明月當空照，黃犬卧花蔭。」以為這才符合實際。殊不知這是一種誤解。後來有人告訴他，「明月」是一種鳥，這種鳥在空中的叫聲特別好聽；「黃犬」並非黃毛狗，而是一種蟲，這種蟲一到晚上便睡在花心裏。這件事後來傳為文壇趣談。

粉碎障礙，轉難為易

初學語譯，還會遇到其他困難。不過，所謂難，説來説去，不外是一些時代隔閡所造成的障礙，是完全可以克服的。只要我們與文言文接觸多了，摸清其中用詞造句的習慣，難便可轉化為易。我們今天使用的語言文字，不是從古代發展而來的嗎？同是一種漢語，學起來，總不至像外國人學我們中國話那麼難吧？

有人問法國大作家巴爾札克：「你怎麼寫出了那麼宏偉的作品？」作家笑着伸出自己的手杖，人們發現上面刻着這樣一句話：「我粉碎了每一個障礙。」語譯自然不同於文學創作，但道理是一樣的，只要我們摸熟文言文的習慣，掌握一些必要的方法，也可粉碎每一個障礙，到達語譯的三境界。

文言文的翻譯，一般以直譯為主，意譯為輔。下面將介紹幾種翻譯文言文的方法。

甚麼是直譯和意譯？

所謂直譯，是指按照原文的詞義和詞序，逐字逐句對譯，做到字字落實，句句落實。但由於古今詞義變化，詞序不同，不可能字字句句對譯。所以，有些地方便要靈活處理，在不改變原文本意的前提下，譯出一個大致意思便可，這叫做意譯。

以下以《孟子 • 離婁下》中〈齊人有一妻一妾〉故事為例，表列出直譯與意譯的分別：

原文	直譯	意譯
齊人有一妻一妾而處室者。	齊國某人有一個妻子一個妾侍居住家裏的。	有個齊國人，和一妻一妾共同生活。
其良人出，	他們的丈夫外出，	他每次外出，
則必饜酒肉而後反。	就一定吃足酒菜肉食然後回來。	總是吃飽了酒肉才回家。
其妻問所與飲食者，	他的妻子問所相與飲酒食肉的人，	他的妻子問他，跟他一起吃喝的是些甚麼人，
皆富貴也。	全是富豪顯貴。	他說都是有錢有勢的人。
其妻告其妾曰：	他的妻子告訴他的妾侍說：	他的妻子告訴他的妾侍說：
「良人出，	「丈夫外出，	「丈夫外出，
則必饜酒肉而後反；	就一定吃足酒菜肉食然後回來；	總是吃飽喝足才回家；
問其與飲食者，	問他相與飲酒食肉的人，	我問他同他一起吃喝的是些甚麼人，
盡富貴也，	全是富豪顯貴，	他說都是些有錢有勢的人，
而未嘗有顯者來。	但是沒曾有顯貴的人來過。	然而卻不曾有高官顯貴來過。
吾將瞷良人之所之也。」	我準備窺探丈夫去所去地方。」	我打算偷偷地看看他到甚麼地方去。」

原文	直譯	意譯
蚤起，	清早起來，	第二天清早起來，
施從良人之所之，	尾隨跟從丈夫所往，	她便暗中跟在丈夫後面，觀察他的去向。
徧國中無與立談者，	走遍都城之中沒有和站着交談的人，	然而，走遍全城，竟沒有一個站住和他說話的人，
卒之東郭墦間，	最後走到東城牆外墓地之間，	他最後走到東城門外墳地裏，
之祭者，	走向祭祀的人，	向上墳祭奠的人，
乞其餘，	乞討他們剩餘，	乞討他們祭畢吃剩的酒食，
不足，	不能吃飽，	一處吃不夠，
又顧而之他。	又環顧並且走向其他。	便周圍張望，又到別處去討。
此其為饜足之道也。	這是他能夠飲食飽足的門道。	原來這就是他吃飽喝足的方法。
其妻歸，	他的妻子回去，	他的妻子回到家裏，
告其妾曰：	告訴他的妾侍，說：	告訴他的妾侍，說：
「良人者，	「丈夫，	「丈夫
所仰望而終身也，	所依靠整個一生的，	是我們終身指望和依靠的人，
今若此！」	現在像是這樣！」	誰料到他如今卻是這樣！」
與其妾訕其良人，	和他的妾侍咒罵他們的丈夫，	妻妾二人，在院子中間（連原文下句「於中庭」意譯），一邊咒罵，
而相泣於中庭。	並且相對哭泣在中間庭院。	一邊相對哭泣。
而良人未之知也，	可是丈夫沒有這事知道，	可是，他們的丈夫不知道妻妾已經知道他的所為，

原文	直譯	意譯
施施從外來，	洋洋得意從外面回來，	仍大搖大擺地從外面走進來，
驕其妻妾。	驕橫他的妻子妾侍。	洋洋得意地向他的妻妾誇耀。
由君子觀之，	從君子觀察這個，	從君子的觀點來看，
則人之所以求富貴利達者，	那麼世人的所用來尋求富足顯貴財貨宦達，	世上某些人用這樣的辦法追求升官發財，
其妻妾不羞也，	他們的妻子妾侍不羞恥，	他們的妻妾不感到羞恥，
而不相泣者，	並且不相對哭泣的，	不抱頭痛哭的，
幾希矣。	幾乎少見的。	幾乎是少有的了。

文言語譯「六字訣」：搬、增、換、調、補、刪

同學可能會問：怎樣語譯？這可概括為六個字：搬、增、換、調、補、刪。

搬：有些詞語照搬便可

凡是古今意義相同的詞語，以及國名、帝號、年號、地名、官名、職稱、姓名（包括字和號）等等，不必翻譯或解釋，從原文照搬過來便是。

例句	語譯
齊人有一妻一妾。	齊國有個人，有一妻一妾。
由君子觀之。	從君子的觀點來看。

增：把文言單音詞擴充為白話雙音或多音詞

文言文以單音詞為主。現在白話文很多雙音詞，便是從古代的單音詞發展而來的。同學翻譯時，要把這些單音詞，擴充為相應的雙音詞或多音詞。

例句	語譯
其妻告其妾曰。	他的妻子告訴他的妾侍說。
其與飲食者，盡富貴也。	他相與飲酒食肉的人，全是富豪顯貴。

換：把文言詞轉換成相應的白話詞

古今詞義不斷變化發展，不少文言詞語已由別的詞代替了。翻譯時，這些詞應當換成白話文的相應詞語。

例句	語譯
其良人出。	他們的丈夫外出。
則必饜酒肉而後反。	就一定吃足酒菜飯食然後回來。
而未嘗有顯者來。	但是未曾有顯貴人物來過。
徧國中。	走遍都城。
卒之東郭。	最後走到東城外。

調：按白話文習慣調整文言文詞序

文言文的詞序，如使動用式、意動用式、賓語前置、定語後置、互文見義等，都與現代白話文有些不同的地方。翻譯時，要按現今白話文的習慣作調整。例如：

狀語後置：

「相泣於中庭」，要調整為「在院子裏相對哭泣」。

「驕其妻妾」，要調整為「在妻妾面前誇耀」。

賓語前置：

「良人未之知也」，要調整為「丈夫還未知道上述情形」。

補：凡影響文義的省略成分都應補上

文言文常常有句子成分的省略。翻譯時，凡影響文義理解的省略成分，都要補上。在下面三個例句中，〔　〕內的部分為必須補上，(　)內的則可補可不補。

例 問其與飲食者，盡富貴也。

譯 (我) 問他同〔他〕一起吃喝的〔是些甚麼人〕，〔他說〕都是些有錢有勢的人。

例 施從良人之所之，徧國中無與立談者。

譯 (她) 便暗中跟在丈夫後面，〔觀察〕他的去向。走遍全城，竟沒有一個站住與〔他〕交談的人。

例 卒之東郭墦間，之祭者，乞其餘，不足，又顧而之他。

譯 (他) 最後走到東城門外墳地裏，向祭奠的人，乞討他們吃剩的酒食，(他) 一處吃不夠，(他) 又四面張望，(他) 到別的地方去討。

刪：如不影響語氣，刪去虛詞

文言文有些虛詞，只起表示停留、發語或補充音節的作用，沒有實在意義。翻譯時，在不影響語氣的前提下，都可刪掉不譯。

例句	語譯
齊人有一妻一妾而處室者。	齊國有個人，他有一妻一妾，同住在一個屋子裏。
良人者，所仰望而終身也。	丈夫是我們終生指望和依靠的人。

練習十五

參照註釋，把下列幾段文字翻譯成白話文。

一

太史令①李淳風②校新曆③成，奏④：「太陽合日蝕，當既⑤，於占不吉。」太宗⑥不悅，曰：「日或⑦不蝕，卿⑧將何以自處⑨？」曰：「不蝕，則臣請死⑩之。」

及期，帝候日於庭，謂淳風曰：「吾放汝與妻子別⑪。」對以「尚早一刻」，指表⑫影曰：「至此蝕矣。」如言而蝕，不差毫髮。

（節錄自《隋唐嘉話》）

【註釋】

① 太史令：官名。

② 李淳風：唐代天文學家。

③ 曆：曆法。

④ 奏：報告。

⑤ 既：全蝕。

⑥ 太宗：李世民。

⑦ 或：或許。

⑧ 卿：你。

⑨ 何以自處：怎麼辦。

⑩ 死：處死。

⑪ 別：訣別。

⑫ 表：古代測定時間的日晷。

二

太宗嘗止一樹下，曰：「此嘉①樹。」宇文士及②從而美之不容口③，帝正色④曰：「魏公⑤常勸我遠佞人⑥，我不悟佞人為誰，意常疑汝而未明也。今日果然！」

（節錄自《隋唐嘉話》）

【註釋】

① 嘉：佳。

② 宇文士及：人名，複姓宇文。

③ 不容口：誇不停口。

④ 正色：嚴肅。

⑤ 魏公：魏徵。

⑥ 佞人：愛奉承的小人。

三

永①之氓②咸善游。一日，水暴③甚，有五六氓乘小船絕④湘水，中濟⑤，船破，皆游。其一氓盡力而不能尋常⑥。其侶曰：「汝善游最⑦也，今何後為？」曰：「吾腰⑧千錢，重，是以後。」曰：「何不去之？」不應，搖其首。有頃，益怠⑨，已濟者立岸上，呼且號曰：「汝愚之甚，蔽⑩之甚，身且死，何以貨為⑪！」又搖其首，遂溺死。

（節錄自《柳河東集》）

【註釋】

① 永：指永州。

② 氓：通「民」。

③ 暴：漲。

④ 絕：橫渡。

⑤ 中濟：河中心。

⑥ 不能尋常：前進不多。

⑦ 善游最：即最善游。

⑧ 腰：腰裏纏着。

⑨ 益怠：更加精疲力盡。

⑩ 蔽：糊塗。

⑪ 何以貨為：要錢做甚麼。

四

今有人日攘①其鄰人之雞者，或②告之曰：「是非君子之道③。」曰：「請損④之，月攘一雞，以待來年，然後已⑤。」如知其非義⑥，斯速已矣，何待來年！

（節錄自《孟子•滕文公下》）

【註釋】

① 攘：偷。

② 或：有人。

③ 非君子之道：不是好人的行為。

④ 損：減少。

⑤ 已：停止。

⑥ 非義：錯誤。

五

齊人有女，二人求見①。東家子醜而富，西家子好而貧。父母疑②而不能決，問其女，定所欲適③，難指斥言④者，偏袒⑤，令我知之。女便兩袒，怪問其故。云：「欲東家食西家宿。」

（節錄自《風俗通》）

【註釋】

① 求見：求婚。

② 疑：拿不定主意。

③ 欲適：自己挑選。

④ 難指斥言：羞於明說。

⑤ 偏袒：可以或左或右脫下一隻衣袖表示。

六

人有賣駿馬者，比①三旦立市，人莫知之。往見伯樂②曰：「臣③有駿馬，欲賣之，比三旦立於市，人莫與言。願子還④而視之，去而顧⑤之，臣請獻一朝之賈⑥。」伯樂乃還而視之，去而顧之。一旦而馬價十倍。

（節錄自《戰國策•燕策》）

【註釋】

① 比：連續。

② 伯樂：春秋時人，善相馬。

③ 臣：謙稱。

④ 還：通「旋」，旋轉。

⑤ 顧：回頭看。

⑥ 賈：通「價」。

練習參考答案

練習一（p.4）

(一)

1. 孔子
2. 一定
3. 連着
4. 傷心
5. 是的
6. 公公
7. 徵稅
8. 記住

(二)

1. 孔子問：「為甚麼不離開這裏呢？」
2. 苛刻的捐稅比老虎還要兇猛啊！

練習二（p.8）

(一)

1. 接見
2. 被
3. 顯現

(二)

1. 於是
2. 趁此
3. 借助

(三)

1. 地方
2. 地區
3. 國都

練習三（p.15）

（一）

1. E
2. A
3. H
4. A
5. F
6. E
7. D
8. A
9. C

練習四（p.23）

1. ✓
2. ✓
3. ✓
4. × 句中的「得」是「延攬、招致」之意，不通「德」。
5. ✓
6. ✓
7. ✓
8. ✓
9. ✓
10. × 娶婦的是河伯，並非巫嫗。句中的「取」是「取走、帶走」之意。

練習五（p.32）

1. 必須
2. 鞏固
3. 水流
4. 長遠
5. 疏浚
6. 源頭

7. 國家
8. 安定
9. 積蓄
10. 道德
11. 正義
12. 源泉
13. 希望
14. 厚重
15. 低下
16. 愚笨
17. 知道
18. 辦到
19. 何況
20. 明察
21. 聖主
22. 擔當
23. 想到
24. 安樂
25. 危難
26. 戒除
27. 奢侈
28. 節儉
29. 砍伐
30. 根本
31. 茂盛
32. 阻塞
33. 流水
34. 長遠

練習六 (p.43)

1. ✘ 秦漢時候的明月和關隘。
2. ✘ 煙霧和月光籠罩着寒水和沙灘。

3. ✓
4. × 明媚的春天伴隨着我高高興興地回到故鄉。
5. ✓
6. × 出謀劃策的輔佐之士，不可沒有。

練習七（p.49）

1. × 「三」在句中不是整數，「三聲」宜改為「幾聲」。
2. × 缺量詞「座」，應譯作「一座樓」、「一座亭閣」。
3. ✓
4. × 「四三」即「三四」，並非「四十三」。
5. ✓
6. × 文言文一般不帶量詞，句中的「介」是「細小」的意思，「一介之使」應是「一個小小的使臣」的意思。
7. × 量詞用錯，「八個窗」應是「八扇窗」。

練習八（p.58）

1. 殺（名詞作動詞）
2. 像對待兄長那樣事奉（名詞作狀語）
3. 讓他回去（使動用法）
4. 尊敬（形容詞作動詞）
5. 讓我活下來（使動用法）
6. 以魚蝦為朋友（意動用法）
7. 打算（名詞作動詞）
8. 像北斗（星）那樣彎曲，像蛇行進那樣曲折（名詞作狀語）

練習九（p.67）

1. 她的
2. 她
3. 他的
4. 你

5. 你
6. 牠
7. 他
8. 你
9. 他
10. 這樣
11. 他的

練習十（p.78）

（一）
1. 尋（不久）
2. 少頃（一會兒）
3. 須臾（一會兒）
4. 良久（很久）
5. 俄而（一會兒）
6. 間（一會兒）
7. 久之（很久）
8. 未幾（不久）
9. 已而（不久）
10. 頃之（一會兒）

（二）
含有「將來」的意思的加點詞，是第 3 句的「異日」。

練習十一（p.86）

（一）
1. 為
2. 而
3. 而
4. 則
5. 且
6. 耳

7. 而
8. 於
9. 而
10. 於
11. 乃

(二)

1. 而
2. 則
3. 且
4. 乃

練習十二（p.93）

1. 做到宰相那麼尊貴。
2. 一定要親自給姐姐煮粥。
3. 為甚麼你自己還是這樣辛苦呢？
4. 難道是因為沒有人嗎？
5. 雖然長期替姐姐煮粥。

練習十三（p.107）

1. A
2. B
3. B
4. B
5. A
6. A

練習十四（p.126）

(一)

1. 於南陽躬耕
2. 歲不與我

3. 莫能禦之
4. 不知己
5. 未嘗技經肯綮

(二)
1. 吾　之
2. 以
3. 於
4. 之
5. 進
6. 之
7. 我　處理　劇　此
8. 昏君

練習十五（p.135）

(一)
太史令李淳風，完成了新曆的校訂，奏報太宗道：「太陽該日蝕了，而且要全蝕，這在占卜上説是不吉利的。」太宗一聽不高興了，説：「太陽要是不蝕，你將怎麼辦？」李淳風答道：「如果不蝕，那我請求一死。」

到了那一天，太宗在庭前觀察太陽的變化，對淳風説：「我放你回家跟老婆孩子告別，準備死吧。」淳風答道：「尚早呢，還有一刻。」他指着日影説：「到這兒才蝕。」太陽就像他説的那樣蝕了，連一根頭髮也不差。

(二)
唐太宗曾在一棵樹下停步，説：「這棵樹真好啊。」宇文士及就跟着讚口不絕，太宗嚴肅地説：「魏公常勸我疏遠那些愛奉承拍馬的小人，我弄不清這個小人是誰，心裏常常懷疑你，但未有確定。今日證明，果然是你！」

(三)
永州人都擅長游泳。一天，河水暴漲，有五六個人乘着小船橫渡湘水，船剛至河中，就漏水下沉了，船上的人都紛紛泅水逃生。其中一個人雖拚命划水，卻前進不多。他的同伴奇怪地問道：「你平日的水性最好，今天為甚麼落在後面？」他喘着氣説：「我腰裏纏着千把銅錢，沉重得很，所以落後了。」同伴忙勸他說：「那為甚麼還不把錢丟掉呢？」他沒有回答，只是搖搖頭。過了一會兒，他更加精疲力盡了。這時，已經過河的站在岸上向他呼喊：「你真是太愚蠢，太糊塗了，人馬上就要淹死了，還要錢做甚麼？」他又搖了搖頭，很快就淹死了。

(四)
有一個人，他每天偷鄰人一隻雞，有人勸告他說：「這不是好人的行為。」他聽了以後，說：「既然如此，請讓我先少偷一些，改作每月偷一隻，到明年才停止不偷吧。」既然知道偷雞不好，就應快快改正，為甚麼要等到第二年呢？

(五)
齊國某人有個女兒，兩戶人家都派人前來提親。東家的兒子相貌醜陋，但家資富有；西家的兒子人材出眾，但家境貧寒。父母拿不定主意，便探問女兒的心意，讓她自己挑選。並說，如果羞於當面明說，可以或左或右地脱下一隻衣袖表示，讓我們知道。女兒便把兩隻衣袖同時都脱下來，父母很奇怪，問她是甚麼意思？她說：「我願意在東家吃飯，在西家住宿。」

(六)
有一個賣駿馬的人，他在市上一連站了幾天，都沒有人過問。他去見善於相馬的伯樂，說道：「我有一匹駿馬，打算把牠賣掉，可是一連幾天站在馬市上，沒有一個人來問過。我希望你在我的馬旁轉一轉，看一下，離開時再回過頭來看一看。我願意敬送一天的報酬給你。」於是，伯樂就繞着馬轉了一轉，看了一看，離開時又回過頭來瞧了一眼，一時，馬價增長了十倍。

中學中文科增值系列 陳耀南主編

責任編輯 蔡嘉蘋 張艷玲
版式設計 Andrew Wong
封面設計 陳嬋君

書　　名 **文言語譯**（增訂版）
編　　著 朱業顯
出　　版 三聯書店（香港）有限公司
香港北角英皇道 499 號北角工業大廈 20 樓
Joint Publishing (H.K.) Co., Ltd.
20/F., North Point Industrial Building,
499 King's Road, North Point, Hong Kong
香港發行 香港聯合書刊物流有限公司
香港新界荃灣德士古道 220-248 號 16 樓
印　　刷 陽光（彩美）印刷公司
香港柴灣祥利街 7 號 11 樓 B15 室
版　　次 2013 年 6 月香港第一版第一次印刷
2023 年 11 月香港第一版第八次印刷
規　　格 大 32 開（140 × 196 mm）160 面
國際書號 ISBN 978-962-04-3398-6